Für Gabi Rothmüller

Jockel
Tschiersch

Wer nicht vögeln will, muss fliegen

Roman

eichborn

Danksagung

Mein Dank gilt all meinen Freunden, die während des Schreibens so nett zu mir gewesen sind und sich geduldig in den Cafés meine verbalen Berichte über den Fortgang der Arbeit angehört haben. Insbesondere danke ich meiner wunderbaren Regisseurin und Freundin Gabi Rothmüller. Die Idee für diesen kleinen Roman basiert auf dem Bühnenabend ›Peitsche, Petting und Extase‹, den wir vor Jahren gemeinsam mit Gabi Rothmüller und Benedikt Eichhorn unter der Regie Dieter Woll in Berlin gespielt haben. Dazu hat Gabi Rothmüller unzählige wunderschöne Irrsinnigkeiten beigesteuert, und so stammt die Idee mit Jens und dem Katamaran aus ihrem Geschichtenschatz. Ob sie das und viele andere Dinge allerdings tatsächlich erlebt hat, hat sie mir nie gesagt. Aber es ist schließlich auch ein fiktiver Roman und alle Ähnlichkeiten mit lebenden Personen sind zufällig und allenfalls bedingt beabsichtigt. J. T.

1. Auflage 2009

Umschlaggestaltung: Christiane Hahn
Ausstattung, Typografie: Cosima Schneider
Satz: Fotosatz Amann, Aichstetten
Druck und Bindung: CPI – Clausen & Bosse, Leck
ISBN 978-3-8218-6057-2

FSC
Mix
Produktgruppe aus vorbildlich bewirtschafteten Wäldern und anderen kontrollierten Herkünften
www.fsc.org Zert.-Nr. GFA-COC-001223
© 1996 Forest Stewardship Council

Eichborn Verlag, Kaiserstraße 66, 60329 Frankfurt am Main
Mehr Informationen zu Büchern und Hörbüchern aus dem Eichborn Verlag finden Sie unter www.eichborn.de.

KAPITEL 1

»Tabuloser Hengst sucht hemmungslose Stute für grenzenlose Sauereien. Erlebe mit mir die Nacht deines Lebens! Wilmersdorfer Wolf, 42.«

Na ja. Ich war am Nachmittag beim Surfen im »Club d'Amour«, einem Forum für stilvolle Sex-Kontakte, über dieses Angebot gestolpert. Kaum hatte ich das Profil angeklickt, wurde mir klar, dass dieser Kerl mit einer Vorliebe für Tiervergleiche schamlos übertrieben haben muss. Aber genau das hatte mich neugierig gemacht. Wie ist denn wohl einer drauf, der so was schreibt?

Ich hatte eine spontane Lust verspürt, diesen »Wilmersdorfer Wolf« anzutesten, just for fun. Und ihm eine Mail geschrieben, ich wolle ihn heute Abend gleich treffen. Um 19 Uhr. Bedingung: spontane Zusage, ohne weiteres Hin-und-her-Gemaile. Nur ein Ja oder ein Nein werde akzeptiert: um 19 Uhr am Kurfürstendamm, bei der California Coffee Company. Und zwar draußen. Ein Semi-Blind-Date, sozusagen, open air. Mit Flucht-Option. Und das »Ja« war sofort gekommen, keine zehn Minuten später: 19 Uhr im CCC am Kudamm. Siehe da: Der Wolf will's wissen. Na gut.

Ziehe mir die Lippen noch mal nach, nur ganz wenig, nicht zu viel. Für so einen Anlass lieber eine Spur zu dezent als zu plakativ. Ich find' schon, ich sehe gut aus für meine 36, der

Spiegel über dem Waschbecken lügt nicht, warum sollte er auch. Meine Zähne sind sowieso gut, das wär' ja auch noch schöner, wenn nicht. Ich habe nur ganz wenig Make-up aufgelegt. Und muss lächeln bei dem Gedanken, wie meine Freundin Sylvia mich immer um meine wunderbare Haut beneidet. Und um meinen Hintern.

»Könnt' ich grün werden vor Neid bei deinem Knackarsch, Kathrin!«

Ja, ja, Glück gehabt: Sollen die Zicken-Magazine schreiben, was sie wollen, die hinterhältige Cellulitis hat bei mir jedenfalls noch nicht zugeschlagen.

Ich sehe das mittlerweile schon auf den ersten Blick: ob es passen könnte oder nicht. Hin und wieder steht mir der Sinn eben nach derartiger Vergnügung. Eine Mail, schnell das »Wann« und »Wo« klarmachen, gar nicht lang rumfackeln. Wenn ich an so was zu lange herumpussele, dann verliert es schnell den Reiz. Schließlich will ich mir keine Immobilie kaufen, sondern eine Nummer für eine Nacht durchziehen. Provisionslos und ohne großartige emotionale Kaution, nebenwirkungsfrei.

Ein bisschen Zeit habe ich noch. Ich komme bei solchen Anlässen nicht gern zu spät. Aber lieber zu spät als zu früh. Zu früh ist ganz schrecklich. Ich streiche mir noch einmal über mein blaues Kleid, Armani, das ich mir günstig beim Fabrikverkauf in Hannover geholt habe. Der Stoff fühlt sich gut an, und vor allem meine Haut drunter: noch ein wenig feucht vom Duschen. Das Kleid sitzt irgendwie eng: Hab ich zugenommen? Ach woher. Und wenn schon: Ich weiß, dass ich eine gute Figur habe, ein Kilo hin oder her. Ich schiele in den Spiegel: Der Fetzen macht wirklich einen schönen Hintern.

Drunter hab ich das Teuerste, was ich im Schrank hängen hab: den einteiligen Bodystocking von Wollfjord. 277 Euro hat das Ding gekostet, eigentlich eine Frechheit.

Aber das sündteure Wollfjord-Teil ist sein Geld wert: Es macht einfach eine schöne Figur. Und gibt mir auch beim Ausgezogenwerden das Gefühl, nicht »underdressed« zu sein. Ich mach' die Augen zu, fahre noch mal mit beiden Händen von oben über meine fast nackten Pobacken. Ein Hauch von Vorfreude, ein wohliger Schauer. Dass ich einen schönen Hintern hab, haben mir alle gesagt. Und zwar alle durch die Bank, egal was dann im Laufe der Nacht an Vorlieben und Hintergedanken und Perversitäten ans Licht gekommen ist: Mein Hintern hat ihnen immer gefallen. Keiner, der sich nicht lautstark ausgelassen hätte über meinen wunderschönen Arsch und sich dabei ganz besonders verrucht vorgekommen wäre: Ach, Männer sind schon einfach strukturiert.

Ich bestelle mir vom Taxistand einen Wagen und trinke noch den letzten Schluck Espresso aus der Tasse, bevor das Taxi kommt. Zu so einem Date fahre ich nicht mit dem eigenen Wagen. Nichts turnt mehr ab als Lustverlust durch Parkplatzsuche. Einmal, war noch in der Studienzeit: Ein Kommilitone – hab den Namen längst vergessen! – ist in der Mensa scharf geworden auf mich, und ich auch ein bissel auf ihn. Er wollte mich abschleppen in seine Sechstsemester-Studentenbude, fand dann aber eine Stunde lang keinen Parkplatz und wurde dabei so zappelig und nervös, dass sich sämtliche Geilheit in nichts aufgelöst hat und er mich wieder zurück in die Mensa gefahren hat. Und nur noch Entschuldigungen gestammelt hat. Impotenz durch Parkplatzmangel. Das muss man sich nicht antun, nicht bei so einer Art von Verabredung wie heute.

Ich lasse das Taxi an der Kreuzung Kudamm/Joachimsthaler Straße halten: ein paar hundert Meter entfernt von dem amerikanischen Coffee-Shop. Eigentlich mag ich dieses Café nicht: die endgültige Kapitulation europäischer Kaffeehaus-Gastlichkeit vor dem »small-large-medium«-Normierungswahn US-amerikanischer Kaffee-Vermarktungs-Konzerne. Noch dazu: an einem lauen frühsommerlichen Abend, an dem auf dem Kudamm wieder Idioten-Auftrieb herrscht, Hauptstadt-Touristen und einheimische Kaufwütige zu einer flanierenden Masse verschmelzen, Finanzkrise hin oder her. Aber für so ein Wilmersdorfer Wölfchen passt es allemal.

Ich bin ein paar Minuten zu früh dran: Genüsslich schlendere ich den Kudamm entlang, mitten durch das feierabendliche Gewühl. Blicke. Die eigene Wirkung überprüfen. Der entgegenkommende Geschäftsmann im Zweireiher mit dem Laptop-Täschchen hat sich, kaum an mir vorbei, tölpelhaft umgedreht, Orientierungsverlust vortäuschend, um mir heimlich auf den Hintern zu glotzen: schön so. Gut zu wissen, und sei es nur, um den eigenen Marktwert zu kennen. Nein sagen kann man immer. Besser als umgekehrt: Betteln müssen, das liegt mir nicht. Nicht mehr. Irgendwann habe ich beschlossen: Für den Rest des Lebens herrscht Damenwahl, basta. Mir nicht mehr auf der Nase rumtanzen lassen von den Kerlen. Und damit bin ich gut gefahren. Von ein paar Ausrutschern mal abgesehen. Aber um die ist es nicht schade. Und heute gönne ich mir eben mal ein bissel was.

Rechts vor mir taucht die Freischankfläche – eine Wortschöpfung, die sich nur Behördenhirn ausdenken kann! – der California Coffee Company auf. Ich spähe hinüber zu den Tischen: Da sitzen fast ausnahmslos Pärchen. Und der Rentner, der alleine vor einem Glas Wasser am Tisch hockt und glotzt, der kann es wohl nicht sein. Noch bin ich ein paar Minuten zu früh, aber ich denke nicht im Traum dran, pünktlich zu kommen. Man muss die Kerle ganz hauchzart zappeln lassen. Meistens beobachte ich sie dabei, wenn das irgendwie diskret möglich ist. Beim vermeintlich unbeobachteten Warten zeigen Männer oft mehr von ihrem Charakter, als ihnen lieb ist. Aber ich bin freilich nicht so blöd, direkt vor dem CCC stehen zu bleiben und zu glotzen.

Ich gehe weiter, in südlicher Richtung. Als ich fast vorbei bin an den Tischen der Freischankfläche, bemerke ich ihn: Das könnte er sein. Er hat eine Aktentasche auf den Knien und sieht immer wieder nervös auf die Uhr. Halbwegs eleganter beiger Sommeranzug, wenn auch die Farbe nicht so ganz nach »tabulosem Hengst« schreit. Wahrscheinlich von C&A. Dazu ein hellblaues Hemd, ohne Krawatte, na ja.

Ich gehe weiter, wechsele bei der nächsten Kreuzung die Straßenseite und finde genau gegenüber dem CCC ein kleines italienisches Café. Ich bestelle einen Espresso und bezahle gleich, um jederzeit aufbrechen zu können. Ein Blick hinüber auf die andere Straßenseite: Mein Mister Blind Date sitzt immer noch an seinem Platz am Rand; die Intervalle seines Auf-die-Uhr-Sehens werden immer knapper. Sehr schön: Zappeln lassen. So mag ich es: always be ahead of the things.

Also: Wie sieht er aus? 42 könnte hinkommen, mittelgroß, nicht dürr, nicht fett, kurz geschnittenes Haar, und eben der beige Anzug. Und immer noch die Aktentasche. Insgesamt, zumindest aus der Distanz, eher spießig als flippig. Mit einer gewissen Tendenz zur Harmlosigkeit. Er scheint mir ein bisschen nervös zu sein: Immer wieder sieht er sich um, fährt sich durchs Haar, umklammert die Aktentasche, die er auf dem Schoß hat. Als wollte er zu einem Vorstellungsgespräch. Ein wenig merkwürdig wirkt er schon. Ich überlege, warum er wohl die Aktentasche mitschleppt: Entweder kommt er direkt von der Arbeit oder er hat da Requisiten drin, die im Laufe des Abends zum Einsatz kommen sollen. Merkwürdig, aber das alles verspricht ja vielleicht doch, etwas Außergewöhnliches zu werden. Ein paar Minuten soll er noch zittern da drüben.

Plötzlich sehe ich, wie mein One-Night-Objekt aufsteht und ins Innere des Cafés geht: Wahrscheinlich will er noch mal schnell auf die Toilette, die Aktentasche unter den Arm geklemmt. Das ist eine günstige Gelegenheit. Ich nehme meine Handtasche und renne, mehrfach angehupt, zwischen den fahrenden Autos hindurch auf die andere Seite und setze mich an seinen Tisch.

Ich lehne mich zurück und sitze da mit einer Gelassenheit, als wäre das immer mein Tisch gewesen. Aus dem Augenwinkel sehe ich, wie er aus dem Café kommt. Zehn Sekunden später steht er unschlüssig neben mir, die Aktentasche unter den Arm geklemmt. Als traue er sich nicht, sich wieder an seinen Tisch zu setzen.

»Entschuldigen Sie, aber …«

Ich drehe den Kopf zu ihm, lächle ihn an. Seine Stimme ist ein wenig unsicher, aber nicht direkt unsympathisch.

»War das Ihr Tisch?«, frage ich mit größtmöglicher Harmlosigkeit.

»Ja, eigentlich schon. Gewissermaßen.«

»Wieso ›gewissermaßen‹?«

»Ich erwarte noch jemanden.«

Ich verkneife mir ein Grinsen wegen des »gewissermaßen«, nehme meine Handtasche und mache Anstalten, den Platz wieder zu räumen. Aber er hebt sofort beschwichtigend die Hände, als wolle er mich physisch wie ein Südländer am Wiederaufstehen hindern.

»Bleiben Sie doch bitte sitzen. Es ist sowieso schon über die Zeit. Wenn ich etwas nicht ausstehen kann, dann ist es Unpünktlichkeit.«

Ich muss lachen.

»Na ja, es gibt Schlimmeres.«

Für einen kurzen Moment zieht er eine Schnute, unbeabsichtigt, als könne er sich nichts Schlimmeres als Unpünktlichkeit vorstellen. Ich lasse mir mein Amüsement nicht anmerken. Kaum da, noch kein Wort zur Sache gesprochen, und schon reitet der Herr sich rein in die Misere. Und sieht schon wieder auf die Uhr. Das kann ja was werden. Ein rastloser Hengst mit Pünktlichkeitsneurose.

»Sind Sie öfter hier?«

Ich denke, ich habe mich verhört: Das ist ja wohl die allerplumpeste aller Gesprächseröffnungen.

»Ich meine: Waren Sie hier schon mal auf der Toilette?«

Was soll das denn jetzt? Es möchte wohl bitte keiner von der Fäkal-Sex-Fraktion sein: So einen hatte ich noch nie. Und dabei soll es gefälligst auch bleiben.

»Gehen Sie doch mal: Das ist sehr schön da drin. Sehr schön gelöst. Auch von den Details, verstehen Sie?«

Ich verstehe gar nichts. Will dieser pünktliche Hengst jetzt mit mir über Toiletten reden?

»Wissen Sie: Sehr hell, das Ganze. Polierter Edelstahl mit milchfarbenem Plexiglas als Back-up. Sehr schöner Materialmix, nicht gerade billig. Und die Befestigungselemente der Plexiglasmodule hinter einer Sichtblende verborgen. Nicht sichtbar, verstehen Sie, nicht sichtbar. So was kann die Kosten beim Gewerk ›Sanitär‹ schnell in schwindelnde Höhen treiben. Vor allem in Verbindung mit dem aufwendigen Materialmix Niro/Plexi. Und davor: die Waschbecken, sehr großzügig. Fast schon ein Waschsaal! Vom umbauten Raum her fast Reihenhaus-Dimension, ha ha.«

Ich nicke: Konfliktvermeidung durch Zustimmung.

»Ich weiß natürlich nicht, wie es auf der Damentoilette aussieht, aber vermutlich genauso. Da hat sich ganz schön was getan in den letzten Jahren, gerade im Sanitärbereich. Vom Standard her, meine ich.«

Nichts von Anzüglichkeit, nichts von hinterlistiger Schlüpfrigkeit: Der Mann redet tatsächlich über die bauliche Gestaltung von Toiletten mit mir. Das kann natürlich auch ein ganz raffinierter Schachzug sein. Aus dem Augenwinkel bemerke ich, wie mein Gegenüber mich mustert. Verkrampft hält er die Aktentasche auf den Knien fest, als er fragt:

»Verzeihen Sie, wenn ich indiskret bin ...«

»Nur zu, es ist ja IHR Tisch ...«

»Sagen Sie: Könnte es möglich sein, dass ...«

»Was?«

»Dass Sie jemanden erwarten? Also: dass auch SIE jemanden erwarten?«

Er holt noch einmal Luft, und dann wird er ganz direkt:

»Erwarten Sie jemanden?«

Ich sehe ihm tief in die Augen, bleibe souverän. »Meine Güte, ist der kompliziert!«, denke ich mir dabei, habe mich aber so weit unter Kontrolle, ihn nichts davon merken zu lassen.

»Ich erwarte nämlich jemanden, wie gesagt. Vielleicht ...«

Ich halte den Blick, mitten in seine Augen.

»Was vielleicht?«

Jetzt lächelt er. Täuscht Lässigkeit vor. Immerhin. Schon eher Hengst-like.

»Vielleicht wäre es ja möglich, dass ich auf Sie warte. Oder: gewartet hätte, wenn Sie pünktlich gewesen wären. Neunzehn Uhr war abgemacht. Jetzt ist es neunzehn Uhr dreiundzwanzig. Und der Vorschlag ist ja von der Gegenseite gekommen, ohne jede weitere Chance zur Diskussion. Da sollte man dann schon pünktlich sein.«

Okay: Er ist es. Aber wieso »Gegenseite«?

»Sie trauen mir so etwas nicht zu, stimmt's?«

»Ehrlich gesagt: Ich habe ein paar leichte Zweifel.«

»Ehrlich gesagt: Ich hätte es mir auch nicht zugetraut.«

Ein kleines Lachen kommt ihm aus und ein charmantes Blitzen in seinen Augen. Immerhin.

»Gut, dann lassen Sie uns gehen. Wir haben eine Menge vor heute Nacht!«

Das kann ich mir vorstellen. Aber dass mir dieser Wilmersdorfwolf in den nächsten Stunden die Nacht meines Lebens beschert, das liegt noch etwas außerhalb meiner Imagination. Auf jeden Fall könnte das spannend werden, was immer der Kerl vorhaben mag. Angst habe ich nicht, dafür wirkt er zu harmlos. Und er wäre auch der Erste, mit dem ich nicht fertig werden würde, letztendlich.

Er bietet mir höflich den rechten Arm zum Unterhaken an, die Aktentasche klemmt er mit dem linken Arm an den Körper. Für einen Moment zögere ich, hake mich dann doch unter. Wir beide gehen im Maximalabstand für Unterhakung den Kurfürstendamm entlang. So viel kann ich schon sagen: Schlecht riechen tut er zumindest nicht, auch sein Gang ist halbwegs passabel, sogar von einer gewissen Eleganz. Also weder eine hochgradige Couch-Potato noch ein akuter Bandscheibenvorfall, immerhin. Ich habe keine Ahnung, wo dieser Kerl jetzt mit mir hinwill, es herrscht Schweigen.

Wenigstens schwafelt er nicht wieder irgendwelchen Mist über die architektonische Gestaltung von Toilettenräumen daher.

Nach knapp 300 wortlos zurückgelegten Metern nähern wir uns einem gelben Fiat-Cabrio, an dessen Scheibenwischer ein Strafmandat hängt. Sofort fällt mir auf, dass der Wagen ein »DN«-Kennzeichen trägt, was für die Stadt Düren im Rheinland steht und den kleinen Arme-Leute-Sportwagen in Berliner Breiten mit großer Wahrscheinlichkeit als Mietwagen outet. Mein Date löst sich von mir, lässt den Strafzettel schnell in seiner Hosentasche verschwinden, schließt die Fahrertür auf und macht sich daran, das schwarze Verdeck zu öffnen. Mit ein paar Handgriffen hat er das Faltdach nach hinten geklappt und versucht, das Dach in der aufgeklappten Stellung zu arretieren, was ihm aber nicht gelingt.

»Vielleicht hätte er das vorher mal üben sollen«, denke ich.

»Haben wir gleich!«, sagt er und zerrt noch einmal an dem schwarzen Stoff herum. Ohne Erfolg. Jetzt entdeckt er oberhalb des Kofferraumdeckels eine Klappe, unter der das zusammengefaltete Dach wahrscheinlich zu verstauen ist, aber die besagte Klappe lässt sich nicht öffnen: nirgends ein Schloss oder ein Mechanismus, der die Klappe nach oben schnellen ließe. Er versucht es durch manuellen Druck auf die Klappe, aber auch jetzt rührt sich nichts. Mit dem Wagenschlüssel öffnet er den Kofferraumdeckel, kniet sich hinter den Wagen, aber auch im Innern des Kofferraums zeigt sich kein rettender Knopf, der die Klappe zum Aufspringen veranlassen könnte.

Das Einzige, was sein Gefummel bis jetzt hervorgebracht hat, sind ein paar Schweißperlen auf seiner Stirn. Wie er so hinter dem Kofferraum kniet, sehe ich, dass sein dunkelblondes Haar noch keine kahlen Stellen zeigt. Gut so, denn auf Halbglatzen stehe ich nicht sonderlich. Ich denke gar nicht dran, ihm zur Hand zu gehen. Wenn er sich schon ein Cabrio mietet, der Herr Hengst, dann soll er auch gefälligst alleine zusehen, wie er mit seinem blöden Verdeck fertig wird.

Neben mir taucht wie aus dem Nichts ein blonder junger Bodyprotz auf, muskulös, in Jeans und Sandalen: ein Bilderbuch-Macho, der sich nur schnell ein knappes T-Shirt über den fitnessstudiogestählten Oberkörper gestreift hat, so ein Muster-Kerl aus einer der bundesweit 186 Filialen der fun&fitness-company. Er grinst und fragt meinen am Boden knienden glücklosen Cabriodachversenker:

»Probleme, Kumpel?«

Unbeabsichtigt rutscht mir ein Lächeln heraus, ein kleines, unverbindliches, fast nicht erwähnenswertes Lächeln. Und ich könnte mich am liebsten gleich in den Hintern beißen, denn der Typ grinst zurück, geradezu offensiv obszön. Solche Schwanzdenker habe ich gestrichen dick: Der hat mich mit seinem Blick nicht nur ausgezogen, nein: Der hat mir sozusagen meinen sündteuren Body angelassen und mich sozusagen in halb bekleidetem Zustand blicktechnisch durchgevögelt, mindestens.

Der Kerl öffnet die Fahrertür des Cabrios, langt einmal kurz unter das Armaturenbrett und mit einem albernen Geräusch springt, wie von Geisterhand bewegt, die dämliche Klappe für das Verdeck auf.

Noch mal grinst Mister Body mir direkt ins Gesicht, nimmt seine blutjunge, hochgradig gepiercte Freundin in den Arm, packt ihr unverhohlen an den Hintern und schlendert locker mit ihr kurfürstendammaufwärts davon, während seine massive Pranke ihr hinten in die Jeans wandert, da wo man ihren roten Stringtanga hervorblitzen sieht, über dem tätowierten Arschgeweih.

Die Traube der Schaulustigen löst sich auf, ein paar Lacher hier und da, nicht zu überhören, und ich überlege für einen Moment, ob dies nicht eine günstige Gelegenheit wäre, mich inmitten der nun nicht mehr Schaulustigen unbemerkt ebenfalls aus dem Staube zu machen. Und mir so was wie den grinsenden Proleten zu suchen, für den Rest des angebrochenen Abends.

Mein Blind Date würgt das Verdeck so gut es geht in die offene Luke, schließt die Klappe mit energischem Druck, öffnet mir wortlos die Beifahrertür, wirft seine Aktentasche nach hinten auf den – warum auch immer – sogenannten Notsitz, steigt ein, lässt den Motor an, fährt ohne Kavalierstart los und ordnet sich geradezu vorschriftsmäßig in den fließenden Verkehr ein. Wahrscheinlich treibt ihn die Furcht, jetzt nicht noch etwas zu verbocken. Er fährt schweigend, exakt das vorgeschriebene Tempo haltend, zunächst die Heerstraße entlang, biegt dann in Spandau nach links ab auf die kleine Landstraße in Richtung Kladow. Da ist mir schon klar: Wahrscheinlich ist das wieder einer von diesen aus Westdeutschland in den Achtzigern nach Berlin Zugezogenen, die mit jedem frischen Aufriss nach Kladow fahren, einem der wenigen romantischen Orte am Wasser im Westteil der ehemaligen Frontstadt. Mittlerweile gibt es Dutzende solcher mindestens ebenso schöner Ecken rund um Berlin oder Potsdam herum, aber die kennt er wahrscheinlich nicht, dieser Toilettenspezialist aus Göttingen, oder wo auch immer er herkommen mag. Jetzt legt er den Arm auf die heruntergekurbelte Fensterscheibe, setzt sich in Höhe

Spandau eine Sonnenbrille auf, als wolle er mir weismachen, er täte nie etwas anderes, als jeden Tag mit geliehenen Sportwagen durch die Gegend zu fahren, deren Verdeck er selbst geöffnet hat. Jetzt lächelt er mich an, und ich lächle zurück. Muss man ja. Man kann ja auch nicht so sein, nur weil einer sich ein Cabrio mietet, über Toiletten redet und das Dach nicht aufbekommt.

»Schön hier draußen, was?«, fragt er plötzlich, unvermittelt, und zeigt auf die Altbauvillen, die den Weg jetzt säumen.

»Die Häuser sind alle um die Jahrhundertwende gebaut, da sind Mauerstärken von 80 Zentimetern bei den Außenwänden keine Seltenheit. Das ist eben noch Bausubstanz, wenn Sie wissen, was ich meine, haha.«

Ich kommentiere das nicht weiter. Auf der freien Straße entlang der Rieselfelder kurz vor Gatow zieht er ein Päckchen Filterzigaretten aus der Brusttasche seines Jacketts und hält sie mir hin, aber ich schüttele nur den Kopf. Er nickt und steckt die Zigaretten wieder ein. Ich sehe ihn etwas verwundert an.

»Bin Nichtraucher«, sagt er lächelnd. Irgendwie kommt mir der Kerl schon komisch vor.

»Achim.«

»Bitte?«

»Achim. Ich heiße Achim. Und Sie?«

»Kathrin. Aber Sie können ›Kathi‹ sagen.«

»Kathi. Schön. Ganz nebenbei: Ich hatte noch nie etwas mit einer Kathrin … ich meine: Kathi.«

»Aber ich erwisch' immer Achims. Sie sind der vierte, glaube ich …«

»Oh.«

»Muss ja nichts heißen ...«

»Na na, Sie sind mir so eine, Kathrin! Kathi, meine ich!« Und dann lacht er wieder klemmig, der Achim. Mein Hengst. Mein Wilmersdorfer Wolf.

Er fährt den holprigen Kopfsteinpflasterweg hinunter zur Anlegestelle »Ihmchen«, benannt nach der kleinen Insel, 100 Meter vom Ufer entfernt im Wannsee. Achim hat kein Problem, einen Parkplatz für den Fiat zu finden, denn das letzte Fährschiff hinüber ans andere Ufer des Wannsees ist längst weg. Achim steigt aus, nimmt seine Aktentasche, läuft ums Heck des Wagens herum, öffnet mir nach alter Kavaliersmanier die Beifahrertür und verschließt dann die Wagentüren mit dem Infrarotsender am Zündschlüssel.

»Sie haben das Verdeck offen gelassen, Achim.«

»Keine Sorge, Kathi, es kommt nicht zum Regnen. Ich habe den Wetterbericht gehört.«

»Ich meine: Wenn Sie schon abschließen ... und dann das Verdeck offen lassen ...«

»Moment, Kathi: Das ist versicherungsrechtlich ein Unterschied. Ich habe mich kundig gemacht, wie das ist bei Cabrios: Wenn jemand einsteigen würde, dann wäre das bei offenen Türen eine unerlaubte Fremdnutzung, bei verschlossenen Türen hingegen wäre es ein Einbruch.«

Wieder bietet er mir seinen Arm an und wieder hake ich mich ein, diesmal mit einem kleinen Lachen: Irgendwas hat der ja, so absurd das alles ist. Achim steuert zielstrebig auf ein altes Eisentor zu, hinter dem ein Kiesweg zu einem Gartencafé der besseren Kategorie führt. Führen würde, wenn das Tor nicht mit einer Eisenkette verrammelt wäre und nicht ein handgeschriebener Zettel darauf hinweisen würde, dass das Café für drei Tage wegen Renovierungsarbeiten geschlossen bleiben muss, leider.

»Pleite Nummer zwei nach dem Dach«, denke ich. Das kann ja was werden mit diesem Achim. Er entdeckt einen kleinen Kiosk beim Anlegesteg.

»Dann gehen wir eben da drüben hin, da haben wir auch einen schönen Blick aufs Wasser, Kathi.«

Schon jetzt geht es mir auf die Nerven, dass er mich ständig »Kathi« nennt, aber ich habe es ihm ja schließlich angeboten.

Ich setze mich an einen der beiden verdreckten Plastiktische, während Achim zum Kiosk geht und bei der dicklichen Matrone in grauen Leggins und pinkfarbenem »I-love-you«-T-Shirt zwei Plastikbecher Kaffee und die letzten beiden Stücke Sandkuchen, halbtrocken, ersteht. Geschickt balanciert Achim Kaffee und Kuchen zu mir an den Tisch. Ich kucke mir den Kaffee an: Die ölige Oberfläche der Brühe legt den Verdacht nahe, dass sie die letzten Stunden auf der Warmhalteplatte einer deutschen Filter-Kaffeemaschine verbracht haben muss. Achim nippt am Kaffee und beugt sich dann vertraulich zu mir herüber:

»Scheußlich, der Kaffee, was?«

»Trinkt ja auch kein normaler Mensch Kaffee hier.«

»Na ja, ich fahre gerne hierher, wenn ich jemanden kennengelernt habe … eigentlich immer. Ich wusste ja nicht, dass das Gartencafé geschlossen ist. Wollen wir lieber woandershin, Kathi?«

»Nein, nein, schon gut.«

Achim beißt in seinen Sandkuchen und nimmt gleich noch einen Schluck Kaffee, um einen aufkommenden Hustenreiz abzuschwächen.

»Also, wie gesagt: Ich heiße Achim und ich …«

»Moment mal, Achim, Sie wollen mir jetzt aber nicht Ihre Lebensgeschichte erzählen, oder? Ich hab gedacht, wir …«

»Ja sicher, machen wir doch. Aber doch erst mal ein bisschen kennenlernen, Kathi. Es sollte doch alles auch einen Hauch von Niveau haben, nicht wahr? Und Niveau ist keine Hautcreme, ha ha.«

Ich beiße in meinen Sandkuchen, um zu verhindern, dass mir eine Boshaftigkeit herausrutscht. Irgendwie entgleitet mir das hier alles, irgendwie läuft das nicht so, wie ich mir das vorgestellt hatte, und das passt mir nicht. Der Sandkuchen schmeckt tatsächlich nach Sand. Achims Art geht mir jetzt schon auf die Nerven, bevor noch irgendetwas angefangen hat.

»Entschuldigen Sie, Achim: Sie haben doch geschrieben ›tabulos‹ …«

»Ja sicher, Kathi.«

»Mal ehrlich: So richtig tabulos kommen Sie mir nicht vor.«

»Dann warten Sie doch mal ab, Kathi. Nicht so ungeduldig. Ungeduld ist ja der meistverbreitete Makel des Männlichen: Immer nur das eine, immer nur ganz schnell. Hopp hopp hopp. Nein, nein, Kathi, wir machen das anders heute Nacht. Ich habe da Einiges vorbereitet. Da werden Sie noch so manche Überraschung erleben, bis die Sonne morgen früh über der Spree wieder aufgeht, Kathi!«

»Einiges vorbereitet. Ich verstehe.«

Ich esse den letzten Rest meines Sandkuchens, rasch, mit zwei Bissen, und trinke schnell zwei Schluck Kaffee hinterher, ein Vorgang, der mich in seiner Gnadenlosigkeit an die Schluckimpfung in meiner Kindheit erinnert.

»Jetzt passen Sie mal auf, Sie gut vorbereiteter Hengst: Ich möchte jetzt auf der Stelle wissen, was Sie hier vorhaben an Tabulosigkeit, sonst …«

Weiter komme ich nicht, denn Achim fällt mir glatt ins Wort, fährt mir über den Mund wie ein Oberlehrer:

»Psst, Kathi, psst. Ich möchte einen Vorschlag machen: Sagt Ihnen der Begriff ›Decamerone‹ etwas?«

»Ja natürlich, aber …«

»Gut, Kathi, dann schlage ich vor, wir erzählen uns jetzt gegenseitig etwas. Zum Beispiel unser erstes sexuelles Erlebnis.«

»Bitte?«

»Zur Einstimmung, Kathi. Einstimmung ist immer ganz wichtig. Zur Einstimmung auf diese Nacht: Wie gesagt, ich habe Einiges vorbereitet. Sie werden schon auf Ihre Kosten kommen heute Nacht, Kathi.«

»Hoffen wir's, Achim, hoffen wir's.«

»Gut. Ich würde vorschlagen, Sie fangen an, Kathi.«

Okay. Dass er hier was von »Decamerone« und »Einstimmung« und »männlichem Makel der Ungeduld« faselt, ist eigentlich gar nicht so übel. Da habe ich schon Schlimmeres erlebt. Sich zur Einstimmung erzählen, wie's beim ersten Mal war. Warum eigentlich nicht? Das kann schon stimulierend sein, Geilheit fängt bekanntlich im Kopf an.

Gut, soll er haben, dieser Achim. Die Nacht ist ja noch lang. Wahrscheinlich hat er wirklich alles geplant und vorbereitet!

»Ich hatte ja eigentlich vorgehabt, dass wir uns unsere ersten Abenteuer dort drüben unter den Kastanienbäumen schenken, Kathi. Aber Sie sehen ja …«

Vor allem »schenken«.

»Tja Achim, wenn Sie angerufen hätten, um einen Platz zu reservieren, dann hätten Sie gemerkt, dass die geschlossen haben. Wenn Sie schon von Vorbereitung reden.«

»Da gebe ich Ihnen völlig recht, Kathi. Eins zu null für Sie.«

»Zwei zu null, wenn wir das Verdeck mitrechnen.«

»Gut. Wollen SIE trotzdem anfangen mit Ihrer Geschichte?«

Also: Wenn er schon so nett fragt, der Herr Achim, dann soll er seinen Willen haben. Bis die Sonne wieder aufgeht, wird noch einiges geschehen, und zwar so, wie ich das will. Dieser Achim wäre nicht der Erste, den ich quitt gekriegt hätte.

»Also: Mit Jens. Beim Segeln.«

»Bitte?«

»Na, das erste Mal. Hier am Wannsee. Jens ist immer nur raus bei Sturmwarnung, damit uns keiner sieht. Jens war so ein dürrer Großer, mit einem ganz langen Hals. Immer wenn Sturmwarnung war, hat er so komisch mit dem Kopf genickt, wie ein kranker Schwan mit seinem langen Hals, das sollte heißen: in 5 Minuten am Katamaran.«

»Verstehe. Und dann, in der Kajüte …«

»Ach was, Kajüte. Jens hatte einen Katamaran, und der hat keine Kajüte. Also sieht einen da jeder, drum ist Jens immer nur raus bei Sturmwarnung.«

Ich bemerke mit Genugtuung, dass Achim sich nicht rührt und konzentriert zuhört. Insgeheim freue ich mich schon auf sein erstes Abenteuer, wobei davon auszugehen ist, dass er sich auch darauf akribisch vorbereitet hat und mir womöglich eine heimlich einstudierte Lügengeschichte auftischen wird. Die er sich vielleicht noch dazu irgendwo aus dem Internet geklaut und abgeschrieben hat. Insofern gar nicht ungeschickt von ihm, mich anfangen zu lassen. So blöd, wie es auf den ersten Anschein wirkt, ist der Kerl vielleicht gar nicht.

»Und wir raus mit dem Katamaran und der Wind hat geblasen und Jens schreit mit seiner dünnen Stimme, dass ihm der dünne Hals fast platzt, ich soll mich ausziehen, und ich zieh' mich aus … ich hatte ja nichts drunter unter dem Ölzeug, aber das Ölzeug in diesem Wind mit den klammen Fingern, dann hat's mir die Jacke weggeblasen und die Hose hat geklemmt, unten am Knöchel, und Jens schreit und schreit: Nun mach schon, und dann hat er mir die Hose runtergezogen, mit einer Hand, war nicht so einfach, der musste ja immer noch die Pinne halten mit der anderen …«

Ich mache eine kleine Pause, suche Achims Blick. Wenn schon, denn schon. Einstimmung, Kennenlernen, soll er haben. Die verkrampfte Art, wie er die Beine übereinandergeschlagen hat, zeigt mir: Da regt sich etwas in Achims Hose. Sehr gut. Männer mit steifem Schwanz sind griffiger als die hängende Variante, sind »easy to handle«, dirigierbar. Wie ein Katamaran, der sich bei schneller Fahrt besser steuern lässt als bei Flaute. Also wciter.

»Dann hat sich Jens quer über die Schwimmer gelegt, er war ja so lang, also: von der Körpergröße her, lag er da so lang und quer und sagte: ›Nun komm her, setz dich auf mich! Auf mich drauf!‹, und unter seinem kleinen dürren Hintern die spritzende Gischt, ich musste die Augen zumachen, sonst wäre mir schwindlig geworden, und ich setz' mich auf ihn drauf und wie sein Ding in mir verschwindet, mitten zwischen Sturm und Gischt, da sehe ich, dass der Großbaum, also dieser Querbalken da unten am Segel, dass der angerauscht kommt, und ducke mich und Jens bäumt seinen Oberkörper mit einem Lustschrei nach oben und der Großbaum knallt ihm direkt an seinen langen Hals. Der Mast bricht zusammen, ich liege unter dem Segel begraben und sehe nichts und Jens stöhnt, aber nicht aus Lust, sondern vor

Schmerzen und schreit: ›Nimm die Pinne!‹ Immer wieder: ›Mach hinne, mach hinne, nimm die Pinne!‹ Dann hat der Sturm aufgehört und die ersten Tretboote mit Touristen sind vorbeigekommen, mein Ölzeug war weg, und Jens hockte da und hielt sich den blaugeschlagenen Hals und da musste ich natürlich lachen. Immer wieder, ich hab mich gar nicht mehr eingekriegt vor Lachen …«

»Sehr schön, Kathi. Und Jens?«

»Keine Ahnung. Nie wieder getroffen seitdem.«

Die Kiosk-Matrone kommt missmutig aus ihrem Kiosk angewackelt, mit einem Spül-Lappen bewaffnet, den man schon riecht, bevor sie den Tisch erreicht hat.

»Schluss jetzt. Ick mach zu. Feierabend.«

Nach dieser Verabschiedung der herzlichen Berliner Art rafft sie die Pappteller zusammen, schnippt die Krümel auf den Boden und wischt mit dem Stinkelappen über den Plastiktisch, der sich danach anfühlt, als sei er für eine Klebeverbindung vorbereitet. Trampelnd schleppt die Dicke das Plastikgeschirr wieder in ihren Kiosk, vermutlich wäscht sie es ab und verwendet es noch einmal. Vielleicht wischt sie die Sachen ja auch nur einmal mit dem Lappen ab, denke ich. Achim sieht auf die Uhr.

»Kathi, ich glaube, wir müssen los.«

»Moment mal, und was ist mit Ihrer Geschichte?«

»Die erzähle ich Ihnen auf der Fahrt.«

Zugegeben: Das hat er geschickt eingefädelt, dieser komische Achim. Hat mich dazu gebracht, dass ich ihm diese Geschichte mit Jens erzählt habe. Die zwar nur zur Hälfte gestimmt hat, aber immerhin. Ohne dass der liebe Herr Achim im Gegenzug etwas von sich preisgegeben hätte. Ich fühle mich für einen Moment lang verarscht, bisschen wie ein vorgeführtes Schulmädchen. Hat er gut gemacht, dieser Achim, immerhin. Dabei wirkt er verklemmt. Haptisch leicht fehlprogrammiert. Irgendetwas stimmt nicht mit dem.

Ein schrecklicher Verdacht wuselt mir durch den Kopf: Dieser Achim ist ein Planer. Ein Detailfetischist, ein Prozedere-Tyrann. Einer von diesen allesplanenden Beziehungs-Feldherren. Die selbst fürs Kacken und Hinternabwischen ein detailliertes Ablaufschema parat haben. Briefing und Debriefing. Strukturieren den ganzen Alltag durch, bis ins kleinste Detail, weil sie ja schließlich die Verantwortung haben für alles. Und wehe, eine Frau hält sich nicht an das, was sich der Herr Planungsführer ausgedacht hat, dann gibt's wahrscheinlich Prügel. Ich hab da schon meine Erfahrungen gemacht mit der Planungs-Fraktion: Meistens geben sich die Herren liberal, unterbreiten einfach schon mal einen Vorschlag, wie alles aussehen könnte, und kaum versieht man sich's, haben sie den ganzen Alltag minuziös nach ihren Vorstellungen »durchgetimt«. Diese Typen habe ich schon ganz besonders gefressen. Dabei klingt das immer so verständnisvoll, zumindest am Anfang: »Du, Schatz, ich würde vorschlagen, wir machen das folgendermaßen …«. Nur was dann folgt, folgendermaßen, das alles hat mitnichten nur Vorschlags-Charakter, nein: Die beplante Partnerin hat dann lediglich noch ein Zustimmungsrecht. Es muss einfach alles so gemacht werden, wie der Herr das will, weil ja sonst die ganze Planung durcheinandergerät. Also bleibt frau nichts übrig, als »ja« und »danke« zu allem zu sagen. Kleine pseudodemokratische Feldwebel mit Generalsvollmacht. Ich weiß genau, wie das immer klingt bei denen:

»Also, Schatz, ich würde sagen, wir frühstücken gegen neun, packen dann rasch unsere Sachen, räumen das Zimmer gegen 9 Uhr 35, auschecken mache ich, noch mal schnell zur Toilette, sodass wir um 9 Uhr 45 im Wagen sitzen, hm? Ist das okay so für dich? Sonst wird das ja alles viel zu spät, nicht wahr? Wär' doch schön, wenn wir das in dem Rahmen schaffen könnten, hm?«

Und gnade dem lieben Schatz, wenn es dann nicht in dem Rahmen geschafft wird, wenn dann nicht schnell genug gepackt und losgefahren wird. Dann ist nämlich alles, was in den nächsten Wochen schiefläuft, nur eine Folge der weiblichen Unfähigkeit, sich an exakte Vorgaben zu halten. Und Unpünktlichkeit ist die erste Stufe der Disziplinlosigkeit. Alles schon mitgemacht, alles schon durchlitten. Wenn man sich einmal drauf einlässt, dann haben einen diese Pantoffel-Feldherren in kürzester Zeit tatsächlich so weit, dass man sich ein schlechtes Gewissen macht für alles und jedes, was nicht so läuft, wie der Herr sich das vorgestellt hat. Das kann dann ein Leben lang dauern. Sofort fallen mir Beispiele ein aus meinem Bekanntenkreis: Das Ganze wird oft getarnt als friedliche und harmonische Beziehung. Was ja auch stimmt, wenn die Frau tut, was der Chef des Planungsstabs befiehlt. Tagtäglich. Ich muss mich fast schütteln bei dieser Vorstellung. So einer hat mir gerade noch gefehlt in meiner Sammlung. Wahrscheinlich traktiert dieser Achim mit seinen Ehestands-Regularien irgendein armes verhuschtes Weib in einem eiterfarbenen Vorort-Reihenhaus und jetzt will er sich hier mit mir eine Nacht lang austoben, weil das arme Luder zu Hause keine Lust mehr auf irgendwas hat, nach Jahren durchlittener Ehe mit Lagerleiter Achim.

»Na warte«, denke ich beim Einsteigen, »da bist du bei mir genau an die Richtige geraten, mein lieber Achim!«

Achim startet den Motor und lächelt mich an, gütig, fast verschwörerisch liebevoll. Zart legt er mir die Hand auf den linken Unterarm.

»Danke für Ihre wunderbare Geschichte, Kathi. Ich könnte Ihnen stundenlang zuhören. Ihre Art, Geschichten zu erzählen, ist wunderbar. Komisch und erotisch, erbauend und anregend zugleich. Das ist eine sehr seltene Gabe. Es ist schön, dass ich heute Nacht mit Ihnen zusammensein darf, Kathi!«

Was soll das jetzt? Ein weichgespülter Feldwebel? Ich bin irritiert: Jetzt ist er auf einmal völlig charmant. Vielleicht tut dieser Achim aber auch nur so: Vielleicht ist das ein ganz Ausgekochter. Möglich wäre es immerhin. Dass irgendwas nicht stimmt an dem, das ist mir schon jetzt klar. Mal abwarten, was der sich noch alles an Unfug ausgedacht hat, bis die Sonne aufgeht. »Das könnte direkt noch eine spannende Nacht werden«, denke ich, als Achim den ersten Gang einlegt und den holprigen gepflasterten Weg hinauffährt, wieder zurück ins tobende nächtliche Berlin. Hoffentlich.

KAPITEL II

Jens Reimar hatte er geheißen. Jens Reimar Brillich. Brillich mit Doppel ell. Nannte sich immer nur Jens R. Brillich, so hatte es auch auf seiner Visitenkarte gestanden. Er war der Erste gewesen, den ich über eine Kontaktanzeige kennengelernt hatte: mein erstes Blind Date, mein erster vorsätzlicher One-Night-Stand. Damals noch nicht übers Internet, sondern über die Kontaktanzeigen im Berliner Stadtmagazin TIP, Rubrik »Lust & Liebe«.

Nach meiner Scheidung von Guido hatte ich einfach mal wieder Lust bekommen, und zwar auf etwas Unverbindliches. Zwei Körper, eine Nacht und der garantierte Nicht-Fortsetzungspakt. Mehr wollte ich nicht, nach all dem Ärger und Schmerz, den ich wegen dieser Guido-Fehlentscheidung durchgemacht hatte.

Mein Kurzzeit-Gatte Guido und ich hatten uns kaum sechs Wochen gekannt, als er mir bei einem Kurz-Urlaub in Nizza – ein Sonderangebots-Schnäppchen von Air Berlin für 199 Euro inklusive Hotel und Flughafentransfer – den Heiratsantrag gemacht hatte. Und ich dumme Kuh hatte in meiner Verliebtheit »ja« gesagt, weiß der Teufel, warum. Guido, das Organisationstalent, hatte unverzüglich eine opulente Hochzeitsfeier angeleiert, im Kloster Chorin, etwa 50 Kilometer nördlich von Berlin. Über 200 Gäste waren gekommen, hatten sich am 5000-DM-Buffet von Feinkost

Käfer – Filiale Berlin – die Wampe vollgeschlagen, während Guido mit mir Arm in Arm herumgegockelt war, als wollte er der versammelten Hochzeitsgesellschaft seine Jagdtrophäe präsentieren. Hätte nur noch gefehlt, dass er mich gebeten hätte, im Klostergarten zu den Klängen der von ihm engagierten Dixie-Band einen Striptease hinzulegen. Und all den Gaffern die hochpreisige Hochzeits-Marken-Unterwäsche samt Strümpfen und Strapsen – Gesamtpreis im Kombipaket 1200 DM – vor Augen zu führen, die er mich unter dem weißen Hochzeitskleid am Leibe zu tragen inständig gebeten hatte, mehrmals. Ich fand die Dixie-Musik abscheulich und hatte mich fast ein wenig vor meinen Freundinnen geschämt für das Getröte der bärtigen alten Männer, die ausgesehen hatten wie ein Haufen sozialdemokratischer Berufsschullehrer. Die ganze Feier hatte dann samt dem Bus-Shuttle-Service nach Berlin über 20 000 DM gekostet, die Hochzeits-Unterwäsche im Kombi-Angebot nicht mitgerechnet. Das hatte Guidos Kreditrahmen restlos gesprengt und ich musste erst mal meine letzten Finanzreserven locker machen, um wenigstens für die laufenden Kosten flüssig zu sein. All das hätte ich noch mitgemacht, nach und nach hätte man sich vom Hochzeits-Defizit wieder erholt, zumindest finanziell. Und auch die Dixie-Kapelle hatte ich ihm schon längst verziehen.

Nur eines konnte und wollte ich nicht verstehen: wieso mich dieser Guido unbedingt vor einen 20 000-DM-Trau-Altar zerren musste, um keine fünf Wochen später anzufangen, jedes junge Ding anzubaggern, das ihm in der Uni über den Weg lief. Und bei einer Seminarstärke von gut 120 Studenten im Erstsemester war da wahrlich genug Auswahl. Immer wieder hatte er von Kindern geschwafelt, aber jedes Mal kurz vor dem Höhepunkt – und der kam immer schon kurz nach dem Eindringen – hatte Guido sein ohnehin nicht besonders ausladendes Organ wieder herausgezogen und mir die Ladung vorzugsweise ins Gesicht oder auf den Hintern geklatscht.

Und meine spontane Eingebung, ihn in der Uni zu besuche um ihn dort mit einer dicken rothaarigen Studentin im Seminarvorbereitungsraum zu erwischen, war die beste Schnapsidee gewesen, seit ich ihn kennengelernt hatte: Zumindest war mir auf einen Schlag klar geworden, dass es nicht bei dieser rothaarigen Dickmadam bleiben würde, wenn es denn überhaupt die erste gewesen sein sollte. Delikaterweise hatte Guido den ganzen Vorfall zunächst auch noch abgestritten, als sei es völlig normal, dass dicke Erstsemester-Studentinnen im weißen Baumwollschlüpfer bei ihm auf dem Schoß sitzen. In Zahnmedizin, wohlgemerkt. Bei der Scheidung hatte der feine Guido auch nichts ausgelassen, was sich im weitesten Sinne unter dem Begriff »schmutzige Wäsche« fassen lässt: Er wollte alles behalten, was ich in die Beziehung mit eingebracht hatte, und hätte am liebsten noch Unterhalt für sich und seine Erstsemesterschlampen gefordert, mit der Begründung, ich hätte ihm den ehelichen Beischlaf vorenthalten. Auch die Hälfte der Kosten für die Choriner Hochzeitsfeier wollte er zurückerstattet haben, vorzugsweise in bar.

Sylvia, bis dahin meine beste Freundin, hatte mir zu Härte und Unnachgiebigkeit in der Scheidung geraten und sich sogar angeboten, das Schwein Guido von der nächsten Brücke zu stoßen. Aber seit der Hochzeit im Kloster Chorin war Sylvia komisch, irgendwie reserviert. Das mit Guido hat sie mir übelgenommen; sie hatte ihn vom ersten Tag an für einen Kotzbrocken gehalten. Und ich hätte auf sie hören sollen. Mich mit Guido einzulassen war das Zweitdümmste gewesen, was ich in meinem Leben gemacht hatte. Ihn zu heiraten das Dümmste. Das Jahr mit Guido war definitiv ein vergeudetes Jahr gewesen, mit Folgeschäden.

Die Scheidung wuchs sich zur Mülltrennungsschlacht im roten emotionalen Bereich aus, bei der keine Chance zu gegenseitigen Gemeinheiten verschenkt wurde. Zu meinem Glück hatte ich mir das so ziemlich Skrupelloseste an juristischem Beistand geholt, was die Berliner Anwaltskammer zu bieten hatte: Hanfried Schüttler. Ich kannte den Mann noch von seiner Zeit an der Uni, mittlerweile nannte er sich freilich Dr. jur. und firmierte als Oberhaupt der Kanzlei »Schüttler, Karge, Karge und Partner«, die sich auf Ehescheidungen im gehobenen gesellschaftlichen Bereich spezialisiert hatte.

Hanfried Schüttler war damals, mindestens zehn Semester über mir, einer der profiliertesten Kämpfer des KBW gewesen. Oder des ASTA. So genau wusste ich das damals nicht mehr. Ich hatte ihn ein paarmal erlebt, auf Plenums-Veranstaltungen: groß, etwas ungelenk, aber wortgewandt und zynisch, wie ein fehlgeleiteter Tiroler Philosophie-Student. Ich kannte keinen Menschen, der allein mit seiner Anwesenheit ein derartiges Gefühl von Unterlegenheit bei seinen Mitmenschen auslöste. Die Kommilitonen sagten damals, das sei eben Hanfried Schüttlers Charisma. Mir war er auf Anhieb unsympathisch gewesen.

Sylvia, die damals ein Semester höher war als ich, hatte mir erzählt, Schüttler habe sich immer die grauslichsten Mädels gekrallt, ein paar Nächte rumgetobt mit ihnen, dann die armen Dinger zwei Wochen lang indoktriniert, wieder freigelassen und zur Bekehrung der KommilitonInnen losgeschickt in die Seminare. Diese abgelegten Bräute von

Hanfried Schüttler waren die gefürchtetsten Agitatorinnen, die sich je in Vorlesungen herumgetrieben haben.

Dennoch war Schüttler inzwischen ein höchst erfolgreicher Jurist geworden, vielleicht auch gerade deshalb. Inzwischen hatte er seine Arbeiterkluft gegen einen Nadelstreifen-Dreiteiler eingetauscht, mit der gleichen Impertinenz wie damals die Schiebermütze hatte er nun einen Borsalino auf dem Kopf, maßgemacht, mit den Initalen »H.S.« am Schweißband. Meinen Guido samt dessen Rechtsanwalt jedenfalls hatte Hanfried Schüttler mit einer Strategie aus juristischer Spitzfindigkeit und zynischer Gnadenlosigkeit in mikroskopische Einzelteile zerlegt, geradezu lustvoll seziert, den guten Guido. Die vorsitzende Richterin am Familiengericht konnte sich bei Hanfried Schüttlers Vortrag mehrmals ein Grinsen nicht verkneifen und stimmte seinem Antrag bis ins letzte Detail zu. Wenn auch Hanfried Schüttlers Honorarnote immens gewesen war, war die ganze Sache für mich höchst zufriedenstellend ausgegangen. Aufkeimendes Mitleid mit Guido hatte mir Sylvia ganz schnell wieder ausgeredet.

Nach der Scheidung hatte ich keine Lust mehr, mich langfristig und innig auf irgendeinen Mann einzulassen. Allein der Gedanke an so etwas wie eine Perspektive war mir ein Gräuel. Auch die Möglichkeit, mein Notizbüchlein herauszuholen oder die alten Kalender und einfach einen verflossenen Liebhaber zu reaktivieren, kam nicht in Frage. Ich hatte da immer das Mikrowellen-Gefühl: sich etwas Aufgewärmtes noch mal auf den Teller zu tun, anstatt sich etwas Raffiniertes zu kochen oder schön essen zu gehen. Nee danke. Klar, Lust hatte ich trotzdem. Einfach nach körperlicher Liebe für eine Nacht. Punkt. Basta.

Was merkwürdig war: Bei der Verhandlung gegen Guido hatte ich ständig das Gefühl gehabt, mein Anwalt würde mich anbaggern. Ausgerechnet Hanfried Schüttler. Während er in seiner rhetorischen Perfektion meinen Guido lustvoll demontiert hatte, hatte er mich immer wieder angesehen. Als wollte er mich mit seinen Blicken ausziehen. Auf dem Flur des Familiengerichts hatte er dann zweimal zufällig mit seiner Hand meinen Hintern gestreift! Ich hatte zuerst gedacht, ich hätte mir das eingebildet, sei irgendwo angerempelt. Aber dann: noch mal. Hanfried Schüttlers Hand, diese Riesenpranke. Und dabei gesagt: »Jetzt steht Ihnen wieder alles offen, Kathrin! Das ganze Leben mit all seinen Verlockungen, wenn Sie wissen, was ich meine.« Ehrlich gesagt hatte ich natürlich keinen Schimmer, was Schüttler gemeint hatte. Zumindest nicht konkret.

Ein paar Monate nach der Scheidung war ich auf die Sache mit den Kontaktanzeigen gekommen. Warum auch nicht, eine klare Sache. Kein Gesülze von der großen Romanze und allem: Leibesübung ohne Reue. Klang in Gedanken nicht schlecht. Ein bisschen wie menschliches Kurzzeit-Leasing, das Ganze: nutzen und abstoßen. Das musste erst mal reichen für die nächste Zeit.

Dann war ich, wie gesagt, an diesen Jens R. Brillich geraten. Der hatte inseriert, ich hatte geantwortet. Eine gute Nacht mit ihm verbracht. Hatte Spaß gemacht. Wirklich. Vielleicht war ich nur ausgehungert, vielleicht war's der Reiz des Verruchten, meine Güte, ich weiß es nicht mehr so genau.

Eins muss ich sagen, Jens R. Brillich hatte ehrlich annonciert: »Unausgelasteter Familienvater sucht erotischen Seitensprung mit attraktiver Frau.« So weit, so gut. Bloß die

Behauptung, er käme aus dem künstlerisch-kreativen Schaffensbereich, hat sich dann doch relativiert: Er war Redakteur. Beim SFB, den hatte es ja damals noch gegeben. Hörfunk-Redakteur für Volkstheater und Satire. Künstler, von wegen: Festangestellter bei einem öffentlich-rechtlichen Dumpfbacken-Sender. Na ja, immerhin eine erste gute Nacht mit ihm gehabt, wie bestellt: gegenseitige Befriedigung ohne nennenswerte seelische Rückstände. War ein Dienstag gewesen, weiß ich noch genau.

Am folgenden Dienstag hatte er wieder angerufen, dieser Jens R. Brillich. Und ich hab noch mal ja gesagt: noch mal Sex, Duschen und tschüss. Ohne Frühstück. Bei mir. Jens Reimar Brillich war nämlich verheiratet und Vater von zwei Kindern. Und konnte nur dienstags, weil er da seiner Frau irgendeinen literarischen Zirkel in Königs-Wusterhausen vorlügen konnte.

»Ach Kathrin, der Sex mit dir ist so wunderbar! Wie lange ist das her, dass ich so etwas erlebt habe!«

Ein klein bisschen ging mir das auch so. Was ich Brillich natürlich nicht auf die Nase binden wollte. Und eine Woche später, beim dritten Dienstags-Date, hatte er angefangen, von seiner Familie zu erzählen, lang und breit.

»Ach Kathrin, das kannst du dir gar nicht vorstellen: Die machen mir so viel Freude, die Sarah und der Jerome … weißt du, was die Sarah letzte Woche gemacht hat?«

»Was hat die Sarah denn gemacht?«

Die Frage war ein Fehler gewesen. Eltern sind wie narrative Handgranaten: Eine interessierte Frage, und schon fliegt einem völlig banales Gelaber über kindliche Belanglosigkeiten um die Ohren, wie Granatsplitter. Wollte einfach nicht unhöflich sein und bin dann im Kopf meine Einkommenssteuer-Jahreserklärung nochmals durchgegangen.

Hab an diesem dritten Abend für ein bisschen halbwilden Sex eine Menge Anekdötchen ertragen müssen von Sarah und Jerome. Und der ungezogenen Jessica von einer Steuerberaterfamilie, auf der anderen Seite der Doppelhaushälfte. Jens Reimar Brillich wohnte in einer Doppelhaushälfte, irgendwo in Steglitz. Doppelhaushälfte. Hätt's nicht für möglich gehalten, dass mir allein das Wort »Doppelhaushälfte« irgendwann Zahnschmerzen machen könnte. DHH. De-Ha-Ha. Doppelhaushälfte.

Jens Reimar konnte einfach nach dem Vögeln die Schnauze nicht halten: Die Nummern wurden immer kürzer, die Monologe immer länger. Fast ausschließlich zum Thema Sex, das war sein Lieblingsthema. Der Kulturredakteur: Ich hatte den Eindruck, sobald's zwischen seinen Beinen schlaff wurde, verlagerte sich die ganze Potenz einfach rauf ins Mundwerk. Medizinisch schwer zu erklären.

»Kathrin, wie sieht es denn aus in unseren Städten? Wie auf der Reeperbahn! Die Verpuffmeilung unserer Innenstädte! Fachgeschäfte für Erotik-Bedarf! Dessous-Werbung, die noch vor ein paar Jahren als Pornografie durchgegangen wäre, die säumt heute den Schulweg unserer Kinder! Die Banalisierung der Sexualität! Kathrin, ich sage dir: Sexualität braucht doch ein Geheimnis! Umzingelt sind wir, umzingelt von nackten Popobacken, physisch und psychisch!«

Das musste ich erst mal kapieren: Hab nackt neben diesem Jens Reimar gelegen und der hat pausenlos gemeckert. Ich hab versucht, ihn mit der Hand noch mal hochzubringen, und kriegte zum Dank noch mal Details von Sarah und Jerome um die Ohren gehauen.

»Kathrin, die Treppe hoch zum Obergeschoss und zur Dachterrasse, die knarrt doch so ... weißt du doch, habe ich dir doch erzählt, Kathrin, wir haben doch diese Doppelhaushälfte und die Treppe mussten wir ja absichern mit Sperrgittern und das ist alles so schwierig, weil die Toilette unten ist, und wenn man nachts mal muss, dann muss man vorbei am Kinderzimmer, und Jerome hat einen sehr unruhigen Schlaf und wie gesagt: Die Treppe knarrt derartig, da kann man eigentlich nicht hinaufgehen, wenn der Jerome schläft, und der kommt ja ohnehin mehrmals in der Nacht ... diese Doppelhaushälften sind einfach viel zu hellhörig gebaut! Jedenfalls haben wir jetzt oben auf der Dachterrasse ... hab ich dir doch erzählt, Kathrin.«

»Was habt ihr jetzt oben auf der Dachterrasse?«

Tapfer hab ich ihm rhythmisch den Sack gedrückt, immer wieder. In der Hoffnung, dass noch was anderes kommt als Gesabbel über die Doppelhaushälfte.

»Na, so eine ... na ja, eine Yachttoilette, ich weiß nicht, ob du das kennst, diese Bordtoiletten für Segelyachten, an sich sehr komfortabel.«

Natürlich hab ich diese Bordtoiletten gekannt: Mein scheußlicher Guido war natürlich auch Segler gewesen. Und seit damals mit Jens war mir der nautische Sanitärkrempel sowieso vertraut. Schöne Vorstellung, wie mein abgenutzter One-Night-Stand nachts auf der Dachterrasse der DeHaHa in die Yachttoilette kackt, damit Sarah und Jerome nicht aufwachen. Ist mir bis dahin gar nicht aufgefallen, dass Jens Reimar Brillich mit einer schon fast pathologischen Regelmäßigkeit fast jede Stunde auf die Toilette gerannt ist.

»Oh, oh, oh, Kathrin! Oh, war das schön! Ach, wenn ich dich nur zehn Jahre früher getroffen hätte … meine Güte, du fickst besser als jede Frau der Welt zusammen!« So was wie Plural und Semantik hätt' er als Redakteur schon auf die Reihe bringen können.

»Mensch Kathrin, wir sind doch alle irgendwo Gefangene unserer Sexualität! Herrgottnochmal, wir denken doch zehnmal am Tag dran, an das eine, herrgottnochmal, das kann man doch mal sagen, wenn wir hier so liegen und reden über das alles, was?! Der Martin Walser, der schreibt in ›Messmers Reisen‹, dass im Laufe all der Jahre einzig das weibliche Geschlechtsteil nichts von seiner Faszination eingebüßt habe! Wörtlich, also zumindest so in etwa. Aber: Geschlechtsteil! Martin Walser! Jede Nacht, Kathrin, jede Nacht bete ich zur großen Göttin Votze! Und deine süße kleine Pflaume, das ist die schönste aller Göttinnen! Oh du Votze, Votze, Votze! Puh!

Herrgottnochmal! Ist das schlimm, wenn ich das sage, Kathrin? Komm sag, wenn es schlimm ist, dann sag' ich es nicht mehr, du musst es nur sagen!«

»Nein, nein«, hab ich gesagt und nur gedacht: »Schamlippenbekenntnisse«.

Noch was ist mir erst später aufgefallen, nachdem sich die Sache endgültig erledigt hatte: In den paar Wochen hatte ich nicht ein einziges Mal gelacht mit ihm. Nicht ein einziges lustiges oder humorvolles Wort aus dem Mund dieses Redakteurs für Satire. Hab mich manchmal gefragt, was der da eigentlich macht in diesem Sender: nur Gerede über Sorgen, Probleme und gesellschaftliche Tendenzen in Sachen Sexualität. So viel Verbalmüll für so wenig Sex: Deswegen hatte ich nicht auf seine Anzeige geantwortet, wirklich nicht.

Also hab ich mir an diesem dritten Dienstag ein Herz gefasst. Als Jens Reimar Brillich für einen Moment Luft holte und nach einem neuen Thema suchte, hab ich mir einen Bademantel übergezogen, mich vor ihn hingestellt und ganz klipp und klar gesagt: »Entweder du kommst zum Vögeln und hältst die Schnauze oder du brauchst gar nicht mehr zu kommen!«

Der erste Effekt war, dass es Jens Reimar Brillich die Stimme verschlagen hat. Immerhin. Mehrere Minuten lang hat er dagesessen und nichts gesagt. Wie ein Häuflein Elend. Dann hat er meine Hände genommen, beide, hat sie festgehalten und mir einfach in die Augen gesehen. Ohne ein Wort. Und dann hat er gesagt, mit leiser Stimme, beinahe beschwörend:

»Ich habe einen Tumor, Kathrin.«

»Was hast du?«

»Einen Tumor. Im Hirn. Höchstwahrscheinlich letal. Ich weiß nicht, wie lange es noch geht.«

Darauf ist mir natürlich erst mal gar nichts mehr eingefallen. Außer der blöden Frage, ob er Schmerzen hätte.

»Nein, nein, es geht. Hin und wieder ein wenig Kopfweh. Aber Kathrin, versteh das bitte, ich möchte nicht darüber reden.«

Klar, ich versteh' ja immer alles. »Möchtest du noch mal mit mir schlafen, Jens Reimar?«

Das wollte er auch nicht. Und prompt hat er nach ein paar Minuten erholsamem Schweigen wieder angefangen zu reden. Aber nicht über seinen mysteriösen Tabu-Tumor, sondern über irgendwelche Verflachungstendenzen im deutschen Literaturbetrieb und Populismus bei der Buchmesse oder so was, ich hab's vergessen.

Als Brillich dann gegangen war, natürlich nicht ohne noch einmal auf der Toilette gewesen zu sein, hab ich noch lange wachgelegen: Da war dieser Mann nun todkrank, plapperte in einem fort über die Schlechtigkeit der Welt und hüllte sich ausgerechnet zu seinem eigenen Leiden in tiefstes Schweigen. Immerhin schien die – bösartige?! – Geschwulst bislang noch nicht in sein Sprachzentrum eingeschlagen zu haben. Ich hab wirklich nicht gewusst, was ich davon halten sollte. Aber so sehr mir das Gerede auch auf die Nerven gegangen ist: Einen Todkranken einfach vor die Tür zu setzen, das brachte ich nicht übers Herz.

Am folgenden Tag hatte mich Sylvia wieder angerufen, völlig überraschend. Das erste Mal, seit wir uns wegen der Sache mit Guido in die Haare gekriegt hatten. Komischer Zufall. Ich dachte, ich hätte auf Lebzeiten bei ihr verschissen, wegen der Dixie-Kapelle bei der Horror-Hochzeit mit Guido. Den Guido hatte Sylvia mir echt übelgenommen, von Frau zu Frau. Sie ist ja nicht grade das, was man eine radikale Feministin nennt, aber sie macht sich da vielleicht ein paar mehr Gedanken, als ich das tue. Im Grunde war ich froh, dass sie angerufen hatte, denn ich brauchte jemanden, mit dem ich mich unterhalten konnte. Mein Mehr-Night-Stand mit Brillich war mir doch mehr an die Nieren gegangen, als ich mir eingestehen wollte.

Ich hab mich dann für den nächsten Tag mit Sylvia verabredet, und zwar bei unserem ehemaligen Lieblings-Japaner in der Bleibtreustraße. Wenn Frauen unter sich sein wollen, gehen sie ja meistens zum Japaner. Irgendwie ist da immer so eine Atmosphäre, die männliche Glotzer und Gaffer einzuschüchtern scheint. Klar, ich wollte endlich mal wieder mit jemandem reden. Und Sylvia vielleicht auch um Rat fragen, was ich mit dem Brillich machen sollte. Hab einen Moment lang überlegt, ob das vielleicht zu eigennützig ist, aber wozu hat man schließlich Freunde. Sofern man welche hat.

Beim Japaner war's klasse. Die Küche hatte nicht nachgelassen, wie das ja oft ist, wenn sich was zum Geheimtipp herumgesprochen hat: Prompt wird dann das Essen schlechter und der Service mieser. Aber hier beim »Yamagoti« war's wie immer. Auch zwischen Sylvia und mir. Als hätte es nie einen Guido gegeben und eine Dixie-Hochzeit im Kloster Chorin.

Bei Sylvia war alles so ziemlich beim Alten: Neue Kerle gab's nicht in ihrem Leben und ob's da stattdessen Frauen gab, weiß ich nicht. Hab's immer ein bissel vermutet. Aber mir war nicht so nach Zuhören. Ich musste das alles loswerden, diesen ganzen Mist mit Jens Reimar Brillich. Gut, sein Gerede konnte ich natürlich nur bruchstückhaft erzählen. Aber diese Monologe nacherzählen konnte wahrscheinlich kein Mensch auf der Welt, außer Jens Reimar Brillich selbst.

Sylvia hat einfach nur dagesessen, Sushi gegessen, mir tief in die Augen gesehen und zugehört. Einfach nur zugehört. Und dann, als ich mir den ganzen Wust von der Seele geredet hatte, hat sie mir mit einem stummen Nicken die Hand auf die meine gelegt, mich in den Arm genommen und ganz fest an sich gedrückt. So einfach konnte es also sein. Ich hätt' mir gewünscht, das würde nie aufhören.

Aber es war natürlich kein Fabelwesen, das mich da im Arm gehalten hatte, es war meine Freundin Sylvia. Wenn überhaupt Freundin. Sylvia eben. Und Sylvia wäre nicht Sylvia gewesen, wenn sie mir nicht noch einen kräftigen Anschiss verpasst hätte. Zum Abschied, sozusagen, als kleinen Absacker. Das war schon so etwa gegen Mitternacht, die japanische Kellnerin hatte schon angefangen, die Stühle auf die leeren Tische zu stellen.

Sylvia hat's mir wirklich knüppeldick reingerieben. Dass ich auf dem besten Wege sei, von einer Katastrophe in die nächste zu stolpern. Und gefälligst unverzüglich die Finger von Jens Reimar Brillich zu lassen habe, Tumor hin oder her.

»Kathrin, wie blöd bist du eigentlich? Das ist doch primitivste Psychologie: Der Kerl hat inseriert, weil er außerehelich vögeln wollte. Das hat er gehabt. Und was macht er dann? Er sabbelt dir nächtelang die Ohren voll und du in deiner bescheuerten Krankenschwester-Mentalität hörst einfach tapfer zu. Damit hat er schon dreimal mehr gekriegt, als ihm zusteht. Wenn er überhaupt einen Tumor hat und das nicht nur erzählt hat, weil er gemerkt hat, dass du eine bist, die auf so was anspringt. Wenn der Kerl quatschen will, soll er sich einen Analytiker suchen, basta. Und gefälligst bezahlen dafür. Keine Krankenkasse erstattet das, wenn einer zum Psycho rennt, weil ihm keiner mehr hochgeht!«

Sylvia hatte sich regelrecht in Rage geredet. Ich hab nur dagesessen und hab genickt, wie ein kleines blödes Schulmädel, das sich in die Hose gepinkelt hat.

»Mensch Kathrin, du musst erst mal kucken, dass du dich selber wieder auf die Reihe kriegst! Schmeiß den Schwätzer raus, und zwar sofort! Hast du das verstanden?!«

Na klar hatte ich das verstanden. Ich war ja so froh, dass überhaupt mal wieder jemand mit mir sprach. Die Japanerin hat nur stur aufgeräumt, als würde sie kein Wort deutsch verstehen. Hat's aber nicht gewagt, uns drauf hinzuweisen, dass jetzt geschlossen wird, wie das so üblich ist in der Berliner Gastronomie. Vielleicht fernöstliche Höflichkeit, vielleicht hat sie einfach nur Angst gehabt, Sylvia würde ihr ihren albernen Folklore-Schlafanzug vom Leib reißen und ihr ihn in das kleine Mündchen stopfen.

Und dann, zum Abschied draußen vor dem »Yamagoti«, hat Sylvia ein Büchlein aus ihrer Handtasche gezogen und es mir in die Hand gedrückt. Als Geschenk. Quasi zur Untermauerung ihrer Ratschläge, Brillich betreffend. Keine Ahnung, wie sie da wieder drauf gekommen war, schließlich konnte sie nicht gewusst haben, was ich ihr erzählen würde. Es war der neueste Band der Autorin Mariella Mayer mit dem Titel »Die Müll-Männer«. Auf dem Buchdeckel stand geschrieben, dass die Autorin auf ironische Weise Tipps gibt, wie man sich von männlichem Müll trennt. Und wie der Restmüll dann moralisch rückstandsfrei zu entsorgen sei. Das Ganze, hatte es geheißen, sei mit einem Schmunzeln und einem Augenzwinkern zu betrachten. Das drückte sie mir zum Abschied vor dem »Yamagoti« in die Hand: Offenbar hatte Sylvia schon im Voraus geahnt, was sie zu hören bekommen würde – das war zweifelsfrei weibliche Intuition gewesen, eine bemerkenswerte Sonderform menschlicher Intelligenz.

Na ja, ich habe mir nie sonderlich viel aus solcher Art von komisch gemeinter Frauenliteratur gemacht. Ich find's meistens einfach nicht komisch, sondern nur bemüht und albern.

»Lies dir das mal durch, Kathrin.«

»Danke, Sylvia, werd' ich machen. Und Herrn Brillich jage ich zum Teufel.«

»Pack ihn einfach auf den Müll, Kathrin.«

Aber das war erst mal gar nicht nötig gewesen. Der Dienstag nach meinem Treffen mit Sylvia war verstrichen, ohne dass Brillich sich gemeldet hätte. Ich hatte eigentlich fest mit einem Anruf gerechnet, und für einen Moment habe ich mich gefragt, ob ich etwa schon Entzugserscheinungen nach den Dienstags-Monologen hatte. Hab den Abend alleine in meiner Wohnung verbracht, mir ein ausgiebiges Bad gegönnt und mein silbernes Helferlein mit in die Wanne genommen. Und mir selber schweigend einen wunderschönen Höhepunkt verschafft. Es können auch zwei gewesen sein, oder drei. Es kann so einfach sein, wenn nicht ständig einer quatscht dabei. Dann hab ich ferngesehen und ein bissel in dem Buch geblättert, das mir Sylvia geschenkt hatte. Aber so recht bin ich nicht reingekommen in die Lektüre. Auf dem Umschlag wurde die Autorin Mariella Mayer – wahrscheinlich ein Pseudonym! – als Geheimtipp für den intelligenten Frauenroman gelobt. Der Witz in dem Buch sollte sein, dass eine Frau ihre Männer umbringt, und zwar auf die Art, mit der sie ihr auf die Nerven gegangen waren. Klar, manche von Mariella Mayer lustvoll geschilderten Hinrichtungsarten für den Männermüll waren schon ganz nette Spinnereien, aber vom Hocker gehauen hat's mich nicht. Na gut, hin und wieder hab ich mich dabei ertappt, dass ich mich amüsiert habe. Und mich bei blöden Gedankenspielen erwischt, was diese Mariella Mayer wohl mit Jens Reimar Brillich angestellt hätte. Und als ich dann gegen Mitternacht beim Zappen bei einer Privatsender-Talkshow hängengeblieben bin, in der ein Schnauzbart-Entertainer aus der ehemaligen DDR, den ich nicht kannte, zotige Bemerkungen über seine Frau vom Stapel gelassen hat, hätt' ich mir gewünscht, Mariella Mayer würde den Kerl in die Finger kriegen. Oder ihm zumindest bei der Talkshow mal die Meinung sagen. Was da keiner zustande gebracht hat, leider.

Am übernächsten Dienstag hatte Brillich wieder angerufen. Er wollte vorbeikommen, mir etwas beichten. Und er hatte Lust, mich zu sehen. Schließlich war Dienstag. Was dann passiert ist, kann ich mir eigentlich nicht erklären. Ich hatte mir ja fest vorgenommen, ihn zum Teufel zu jagen. Aber als ich seine Stimme dann gehört hab, hat mich so eine merkwürdige Mischung aus Mitleid und Lust überkommen. Ich hatte ohnehin nichts vor an dem Abend; vielleicht wollt' ich auch bloß wissen, ob das gestimmt hat mit dem Tumor. Vielleicht wollt' ich einfach nur mal mit einem Todkranken schlafen, vielleicht die letzte Frau sein in seinem Leben, ich weiß es nicht. Oder ihn so wild machen, dass er sich verplappert und zugibt, dass der Tumor nur erfunden ist. Oder ich hatte zu der Zeit einfach nur eine masochistische Ader, mich mit den Kerlen einzulassen, die mir nicht guttun.

Irgendwie hatte ich das Gefühl, dass die Sache mit Brillich noch nicht fertig war, und ich hab mich gehört, wie ich am Telefon gesagt hab, er könne auf eine Stunde vorbeikommen, aber nicht länger. Und, um ehrlich zu sein, mit der heimlichen Hoffnung, Brillich würde nach zwei Wochen Doppelhaushälfte und Kinderterror so ausgehungert sein, dass er wenigstens in dieser Stunde mehr vögeln als reden würde.

Aber nach zehn Minuten Sturm war Jens Reimar schon wieder leergeschossen und fing wieder an zu reden.

»Weißt du, was das Problem an allem ist, Kathrin? Die Männer. Die Männer. Wir Männer sind die eigentliche Sollbruchstelle dieser Gesellschaft. Und weißt du, warum: Weil wir keine Männer mehr sind! Diese ganze exhibitionistische Banalisierung der Sexualität! Woher kommt das denn, Kathrin?! Woher kommt denn das?!«

Ich hab ihn genau beobachtet, um Anzeichen seiner Erkrankung zu entdecken, aber Brillich hat geredet wie eh und je. Vielleicht gab's ja Tumore, die derart auf das Sprachzentrum drücken, dass es bei den Opfern zu krankhaftem Redefluss kam? Waren TV-Moderatoren alle von Tumoren befallen? All so was ging mir durchs Hirn, und ich hatte den Faden verloren: Bei irgendetwas mit »Männern« hatte sich Jens Reimar festgebissen.

»Was ist mit den Männern, Jens Reimar?«

»Ja was ist mit den Männern!? Nichts ist, das ist es ja! Wir sind keine Männer mehr! Männer im Sinne von Mann, weil uns keiner mehr zu Männern macht! Das ist unser Defizit! Die männliche Identität ist nämlich die conditio sine qua non, ohne die ... ohne die, da geht gar nichts. Da liegt die wahre causa dieser Misere: die Initiation! Das fehlt uns. Sieh uns doch an: Wir haben diese Rituale verlernt! Wir alle! Keine Initiationsrituale mehr. Alle Naturvölker kennen das, dass der junge Mann eingeführt wird ins Leben der Männer, und bei uns? Nichts! Abitur und Studium und vielleicht Bundeswehr, wenn's hoch kommt. Ich sag dir mal was: Unsere Väter haben versagt! Und wir versagen genauso. Keine Initiation weit und breit ... daher kommt doch das alles!!!«

Da war mir schon klar, dass dieser Monolog länger als die abgemachte Stunde dauern würde. Und am letzten Dienstag war er nicht aufgetaucht, weil er an einem Männerseminar teilgenommen hatte. An der Müritz. Und seiner Frau hat er erzählt, er sei auf einem Germanistentreffen in Litauen gewesen. Vom Tumor wieder kein Wort.

»Kathrin, ein Seminar zur Wiedererlangung und Festigung der männlichen Identität. Ganz einfach. Das war ja auch ein Grund, warum wir beide ...«

»Was?«

»Ja was, Kathrin!? Wir beide hatten doch auch schon die eine oder andere Differenz!«

»Aha.«

»Aber das rührte doch im Grunde genommen daher, dass meine männliche Identität nicht optimal konditioniert war. Deshalb war ich ja in diesem Seminar. Darauf gestoßen bin ich über eine Anzeige in ›Men's Health‹, dieser Zeitschrift, du weißt schon. Na ja und dann gleich angemeldet übers Internet, die Seminargebühr per Scheck bezahlt und dann ging's los, an die Müritz. Zu elft waren wir, zwei Wochen lang. Unterwegs mit Mountainbikes und Zweimann-Zelten, quer durch die Pampa rund um die Müritz. Uns nur mit Karte und Kompass orientiert, Beeren und Früchte gegessen oder Fische gefangen und über dem Feuer gebraten, uns im Fluss gewaschen und … äh … na ja, einfach in den Wald gekackt, ohne Toilettenpapier, wenn du weißt, was ich meine!?«

Ich hab mir gedacht, der Tourismus-Verband Mecklenburg-Vorpommern würde sich bedanken, hab mir aber die Bemerkung doch verkniffen. Hab mich nur gewundert, wie Brillich so ein Durchhaltelager verkraftet hat, mit seinem Tumor. Und seiner ständigen Kackerei.

»Und der Leiter des Seminars, der Mann war eine Offenbarung. Hartmut Kretschmar, ein solcher Glücksfall, der Mann. Ha Ka. So haben wir ihn genannt. Big Daddy Ha Ka. Hat Psychologie studiert an der Hochschule der Bundeswehr in Koblenz, vorher Einzelkämpferausbildung bei den Fallschirmspringern, dann war er in der Führungsakademie der Bundeswehr als Offizier für Menschenführung, ist dann ausgestiegen, hat Schluss gemacht mit der Bundeswehr, nachträglich im Rang eines Oberstleutnants seine Anerkennung als Wehrdienstverweigerer durchgezogen, hat alles hier aufgegeben und drei Jahre bei einem Indianerstamm irgendwo hoch oben in den Rocky Mountains verbracht. Seine Seminare sind ständig ausgebucht. Hochrangige Manager, Politiker, alles Top-Männer. Sogar Generäle! In dieser Woche mit Big Daddy Ha Ka habe ich mehr kapiert vom Leben als in fünf Jahren Studium der Literatur, das sage ich dir, Kathrin!«

Ich musste mir das erst mal vorstellen, bildlich: Jens Reimar mit zehn anderen Alpha-Kerlchen auf Initiations-Radltour an der Müritz. Einen Moment lang habe ich überlegt, ob ich da gern im Gebüsch gesessen und zugesehen hätte. Ich glaube, eher nicht.

»Ich sage dir, Kathrin: Wenn elf Männer nachts bei Vollmond um das Lagerfeuer herum nackt auf einer Lichtung im Wald stehen, sich bei den Händen nehmen, sich in Ekstase tanzen, während Ha Ka auf zwei alten Ölfässern den Rhythmus trommelt, und dann alle gemeinsam bei Mitternacht wie aus einer Kehle herausschreien in die Nacht: ›ICH BIN EIN MANN!!‹, da geschieht etwas mit dir, da spürst du, wie etwas vorgeht in dir, da wirst du zu einer Einheit aus Seele und Leib, da fließt deine Männlichkeit über dich in einer nie gekannten Heiligkeit von Ekstase und Erkenntnis, da habe ich es zum ersten Mal greifen können, mein Mannsein, das sinnliche Miteinander von Hirn, Herz und Hoden …«

Nur zum Spaß hab ich ihn gefragt, was dieser Testosteron-Spaß an der Müritz gekostet hat. Ich hab gedacht, mich trifft der Schlag: 3700 Euro, für eine Woche mit dem Mountainbike bei Unterbringung im Zweimannzelt und Selbstverpflegung.

Dafür hatte der gute Jens Reimar Geld, aber bei mir hat er sich regelmäßig durchgefressen und meinen Whiskey gesoffen, bis er angeschickert war und sich müde geredet hatte: Und das wollte was heißen bei einem wie Brillich.

Ich hab mich gefragt, wie lange so ein Tumor normalerweise braucht, bis er zum Tod führt, und vor allem: Ob man dem irgendwie nachhelfen konnte? Brillich war schon wieder an meinem Schrank, hat sich die Flasche gepackt und meinen guten Tullamore-Dew in sich hineingesoffen wie ein Schwein. Offenbar waren ihm beim Downloaden seiner männlichen Identität die letzten Tischmanieren abhanden gekommen. Und schwupp – schon war er wieder auf der Toilette verschwunden. Außer Sicht, aber in Hörweite.

»Sicher, Kathrin, wir hatten auch Krisen an der Müritz, das gehört ja dazu. Hörst du? Ein Systemanalytiker aus Reutlingen – wir waren ja fast immer nackt, weißt du! –, der hatte irgendwann im Laufe der Woche Komplexe bekommen wegen der Größe seines Genitals und Big Daddy Ha Ka hatte alle Mühe, ihm das wieder auszureden. War ja auch nicht so einfach, bei dem Minimalpenis, den der arme Kerl aus Reutlingen da hängen hatte zwischen seinen dürren Beinen, hat man kaum gesehen, das kleine Säckchen mit dem Zipfelchen dran, zwischen den dichten schwarzen Haaren, wie bei einem Affen. Aber der Mann soll angeblich ein Top-Systemanalytiker sein.«

Das alles aus meiner Gästetoilette heraus von einem angeblich krebskranken Liebhaber an den Kopf gesabbelt zu kriegen, der mir dabei die Spirituosen zusammensäuft, das war heftig. Eigentlich schon zu viel.

»Am letzten Tag hatten wir dann noch eine Fahrradpanne, dem Reutlinger Systemanalytiker ist irgendwas an der Kettenschaltung gebrochen und wir konnten es mit eigenen Mitteln nicht reparieren, nicht mal Big Daddy Ha Ka. Das war ihm schon sehr peinlich, ausgerechnet am letzten Tag. Aber der Reutlinger hatte sein Handy dabei, obwohl das ausdrücklich verboten war, und dann haben wir den ADAC angerufen und der hat uns dann geholfen, mitten in der Nacht, und dann sind wir …«

Ich hab währenddessen angefangen, mich an meiner Zartbitter-Notration zu vergehen. Drei Tafeln hatte ich noch im Nachtkästchen liegen, in der unteren Schublade, neben meinen Dildos. Nur schokoladefressend konnte ich dieses Gesabbel noch ertragen. Und das auch nur in der Gewissheit, dass Jens Reimar Brillich spätestens kurz nach Mitternacht wieder abrauschen würde in seine Doppelhaushälfte.

Sylvia hatte doch recht gehabt. Der Kerl musste weg. Und der Virus von Mariella Mayers Männerentsorgungs-Fantasien hatte seine Inkubationsphase in meinem Hirn auch schon hinter sich: Ich hab überlegt, wie Mariella Mayer es anstellen würde, diesen Schwätzer quitt zu kriegen. Klar, die würde sich Brillichs Tumor im Hirn zunutze machen. Aber wie? Ihn im Bett dermaßen rannehmen, bis der Innendruck im Hirn so weit steigt, dass er vor dem Abspritzen an einem Hirnschlag eingeht? Ein paar anatomische Kenntnisse waren vom Studium allemal hängengeblieben: So was war durchaus im Bereich des Möglichen.

»Ich kann gar nicht mit ansehen, wie du diese Schokolade in dich hineinschlingst, Kathrin!«

Hab mich gewundert über diese plötzliche Zurechtweisung; normalerweise hat Jens Reimar Brillich nichts wahrgenommen, was nicht direkt mit ihm und seiner Welt zu tun hatte.

»Seit diesem Seminar«, hat er gejammert, »habe ich Probleme mit dem Stuhlgang. Da stimmt nichts mehr bei mir: Entweder ich habe Verstopfung oder ich muss fünfmal am Tag austreten. Mindestens. Und Tendenz eher noch zunehmend. Ich bin ja ohnehin dauernd beim Arzt, aber der Doktor Bauhöfer findet nichts. Und der ist Homöopath! Womöglich hängt das mit diesem gottverdammten Tumor zusammen!«

Na danke. Zum Pinkeln ist er sowieso schon ständig gerannt. Als Trost ist mir nur spontan eingefallen, dass er ja schließlich noch seine Frau und seine Kinder hatte.

»Ja Kathrin, was meinst du denn, wenn ich jetzt nach Hause komme, um diese Zeit, da wecke ich doch Jerome und Sarah wieder auf! Ich bewege mich schon gar nicht mehr in der Wohnung, wegen Sarah und Jerome. Was weißt du denn, wie hellhörig so eine Doppelhaushälfte ist!? Das ist nämlich manchmal gar nicht so einfach mit Kindern! Davon macht sich nämlich jemand wie du hier in deiner kinderfreien Single-Wohnung, der macht sich doch davon gar keine Vorstellung!«

Sein Kopf war schon ganz rot, ich hab gedacht: Gleich platzt er. Wie war das noch mal mit dem Innendruck im Hirn? Meine Zartbitter war alle, aber Jens Reimar Brillich hat weiter ausgeholt zum Rundumschlag, sich richtig reingesteigert in seine Attacken auf sein jämmerliches Dasein.

»Ich muss doch das alles geheim halten mit uns! Da kann ich dann die ganze Nacht wieder auf die Dachterrasse zum Kacken rennen und hoffen, dass die Kinder nicht aufwachen! Dabei gebe ich mir solche Mühe! Und dann reden hier alle nur noch von ›Sozialabbau‹, wenn ich das schon höre! Aber Verantwortung! Verantwortung will keiner tragen, alle wollen sie nur haben, haben, haben, deswegen ist doch dieses Land am Ende, weil alle nur wollen, wollen, wollen! Alle wollen sie nur haben, haben, haben und Sex, Sex, Sex und noch mehr Luxus und noch weniger Leistung bringen! Sozialhilfe, das wollen sie alle, aber Leistung! Wer bringt denn hier noch Leistung? Ich arbeite mir den Rücken krumm im Sender, ich gebe mir solche Mühe und bezahle Beiträge über Beiträge für diese Schmarotzer und unfähigen Finanzmanager und diese Regierung steckt's den Banken hinten wieder in den Arsch und was habe ich davon??? Was habe ich von dem ganzen Dreck??? Abzüge, Abzüge und noch mal Abzüge und kann nicht mal kacken gehen wegen diesen blöden Kindern und der Verstopfung und immer nur Kinder, Kinder, Kinder! Verstopfung, Kinder und Abzüge! Das ist doch kein Leben! Ich hab die Schnauze so voll von dieser Brut!! Was bin ich denn? Ein Kindergärtner mit Hirntumor, der sich im eigenen Hause nicht mehr scheißen traut, oder was?! Verdammt noch mal, ich bin ein Mann!!!«

»Dann geh doch, setz dich zum Scheißen auf deine Yacht-Toilette und schrei ICH BIN EIN MANN!«, hab ich gedacht und wollte grade den Mund aufmachen und ihm sagen, er solle gefälligst samt seinem Hirntumor wieder in seine Doppelhaushälfte verschwinden, als er völlig abrupt die Schnauze hielt, meine Hand nahm und mir tief in die Augen sah. Schweigen. Ich war für einen Moment total perplex, mit so was hatte ich zuallerletzt gerechnet.

»Pass auf, Kathrin, lass uns ein paar Tage zusammen verbringen. Aber nicht hier in Berlin, irgendwo auf dem Land. Vielleicht in der Sächsischen Schweiz, nur wir beide, hm?«

Was sollte denn das auf einmal?

»Vielleicht ist das das letzte Wochenende, das ich mit jemandem zusammensein kann, Kathrin!«

Na sauber. Hätte ich nicht für möglich gehalten. Aber fünf Minuten später war ich schlauer. Natürlich wäre Jens Reimar Brillich nicht etwa wegen mir ins Elbsandsteingebirge gefahren: In Bad Schandau sollte am folgenden Wochenende ein Kongress zum Thema »Sächsisches Volkstheater« stattfinden, zu dem er als Beobachter eingeladen war. Seiner Frau und den Kindern hatte er schon verklickert, dass er da unbedingt hinmusste. Und für uns hatte er schon ein ganz schnuckeliges Doppelzimmer gebucht. Er wollte sich bei den Volkstheater-Sachsen nur kurz mal blicken lassen und den Rest der Zeit mit mir verbringen. Nur wir beide in dem schnuckeligen Hotel, schön essen gehen, miteinander schlafen und einfach mal in Ruhe miteinander reden. Beim letzten Punkt wäre mir fast ein spontanes »nein danke« rausgerutscht, denn miteinander reden hieß für Brillich: Er redet, ich höre zu.

Was sollte ich machen? Alles Mögliche schoss mir durchs Hirn, vor allem immer wieder Sylvias Warnung, die Finger von dem Kerl zu lassen. Zeit zum Überlegen hatte ich ja, denn Brillich hockte schon wieder auf meiner Gästetoilette. Ich stellte mir die Frage, ob es überhaupt einen einzigen Grund gab, mit ihm da hinzufahren. Und ich muss sagen: Irgendwas faszinierte mich an diesem Mann. Und vielleicht würde ich nach dieser Reise wissen, was es war. Ich war einfach neugierig. Ich wollte ihn wenigstens einmal noch in einer anderen Umgebung erleben, zu anderen Zeiten als ausschließlich dienstags in der Nacht. Was ich mir davon versprochen hatte, war mir nicht klar. Und vielleicht würde sich dort im Elbsandsteingebirge ja auch die Gelegenheit für etwas anderes ergeben. Als er aus der Toilette herauskam, hab ich mir einfach gesagt, einem todkranken Mann konnte ich den Wunsch nach einem letzten Wochenende nicht abschlagen.

Also bin ich mit ihm im Zug nach Bad Schandau gefahren, immerhin erster Klasse. Aber das war's dann auch gewesen. Der Rest wurde zum Fiasko und ich hab mir gedacht: Selber schuld. Das ganz schnuckelige Zimmer war klein und hat muffig gerochen, und ich hatte keine Lust, das Bad selber sauberzumachen. Zeit dazu hätt' ich gehabt, denn am ersten Abend war Jens Reimar Brillich gegen halb eins völlig besoffen von den Theatersachsen zurückgekommen. Den Rest der Nacht hatte er entweder zusammenhangloses Zeug geredet oder auf der Toilette gesessen. An Sex war nicht zu denken. Und das »Schön-essen-Gehen« an diesem Tag war eine Imbissbude gewesen, wo ich mir vor lauter Hunger eine fetttriefende, angeblich original thüringische Rostbratwurst reingewürgt hatte.

Am nächsten Tag haben wir einen Spaziergang gemacht, immerhin. Sind raufgestiegen auf die Felsen oberhalb der Elbe. Es hatte in Strömen geregnet und außer uns beiden war kein Mensch unterwegs. Brillich ist auf dem schmalen Steig vor mir hergegangen, von tumorbedingter Schwächlichkeit keine Spur. Im Gegenteil, er hat in einem fort geredet. Ich bin einfach hinter ihm hergelatscht und habe kein Wort verstanden von dem, was er da ohne Punkt und Komma vor sich hin gesabbelt hat. Irgendwas von wegen populistischen Tendenzen im sächsischen Volkstheater. Und wenn schon. Alle halbe Stunde ist er stehengeblieben, um zu pinkeln. Es war der reine Horror. Wenn Sylvia mich dabei gesehen hätte, ich glaube, die hätte mich geohrfeigt. Mit Recht.

Als wir auf dem Gipfel des Felsens angekommen sind, hat es immer noch geregnet, in Strömen. Ich war nass bis auf die Haut. Und geladen vor Wut. Der schmale Weg hat sich zu so einer Art Plateau erweitert, na ja, es hat ausgesehen wie ein Parkplatz ohne Autos. Und natürlich stand da wieder so eine Imbissbude, die bei diesem Sauwetter geschlossen hatte, klar. Ich war sauer, am meisten auf mich selber, dass ich mich auf diese schwachsinnige Reise eingelassen hatte. Bis jetzt hatte ich nicht rausbekommen, ob der Tumor echt oder erlogen war, aber es war mir mittlerweile auch stinkegal. Neben der Imbissbude hatte jemand eins dieser widerlichen Chemie-Toiletten-Häuschen aufgestellt. War wahrscheinlich die Bedingung des Gesundheitsamts gewesen, dass die da überhaupt eine Imbissbude aufstellen durften, so fernab von jeder Zivilisation.

Jens Reimar Brillich hat am Rand des Plateaus gestanden und auf die Elbe hinuntergeschaut. Auf einmal hat er die Arme auseinandergerissen und im strömenden Regen nach unten geschrien:

»Ich bin ein Mann!«

Und einfach weitergeredet. Wie wunderbar die Aussicht war und dass die Zeit mit mir hier im Elbsandstein das Schönste wäre, was er seit Langem erlebt hatte.

»Wovon redet der?!«, hab ich nur gedacht.

Und dann ist er in der Dixi-Toilette verschwunden. Ich habe gekocht vor Wut, ich muss gedampft haben in dem Regen vor lauter Zorn. Und ich hab einen saumäßigen Hunger gehabt. Und der blöde Brillich hat da in diesem Plastik-Klo gesessen und vor sich hingelabert wie ein Sprechautomat mit Kurzschluss. Ich weiß nicht, wie lang ich da so gestanden haben mag, triefend vor Nässe und stinksauer auf meine eigene Blödheit.

Und irgendwie ist mir plötzlich die Idee gekommen, die ganze Sache zu beenden. Ein für allemal. Und wenn dieser blöde Tumor schon nicht das getan hat, was man von einem Tumor erwarten konnte, dann musste eben nachgeholfen werden.

Durch die Plastikwände hat man Brillichs Gesabbel nur ganz undeutlich gehört, aber als ich dann »Liebe« und »Göttin« und »schönste Muschi der Welt« verstanden hab, da hat das Bärenkräfte bei mir freigesetzt. Ich bin einfach an das Toilettenhäuschen herangetreten, habe tief Luft geholt, die

Arme angewinkelt und dem blöden Scheißhaus einen kurzen, perkussiven Stoß verpasst. Und schon ist das Ding gekippt. Ich habe mit dem Fuß noch mal nachgetreten, aber es hat schon gereicht. Drinnen hat Jens Reimar Brillich hysterisch geschrien, aber das Kippen war nicht mehr aufzuhalten. Wie in Zeitlupe hat sich die Chemie-Toilette über den Abhang geneigt und ist dann plötzlich mit einem Schlag runtergestürzt: Wahrscheinlich hat Brillich versucht, noch rauszukommen, und die Gewichtsverlagerung hat das Abkippen bloß noch beschleunigt.

Dann bin ich einfach gegangen, den Weg wieder nach unten. Gesehen hatte mich niemand. Ich war mir nicht sicher, in der Ferne irgendwo so ein komisches Platschen gehört zu haben: Am Ende war die Toilette direkt in die Elbe gekippt. Und wenn schon. Ich bin schnurstracks zum Bahnhof von Bad Schandau marschiert, meine Reisetasche hatte ich schon am Morgen dort in ein Schließfach gestellt, während Brillich noch seinen Rausch ausgeschlafen hatte. Muss wohl so eine Art Intuition gewesen sein. Am Bahnhof hab ich noch schnell eine Thüringer Rostbratwurst gegessen und mich dann in den nächsten Zug nach Berlin gesetzt. Das Erste-Klasse-Rückfahrticket hatte ich ja noch in meiner Handtasche.

KAPITEL III

Achim biegt in die Heerstraße ein, stadteinwärts. Er fährt wesentlich schneller als erlaubt: Wahrscheinlich hat er wieder etwas geplant und will pünktlich sein.

»Was ist jetzt mit Ihrer Geschichte, Achim? Die wollten Sie mir doch auf der Fahrt erzählen!« Der soll bloß nicht glauben, dass er mir hier ohne seine Story durch Berlin brettern könnte. Dem komm' ich schon noch auf die Schliche heute Nacht. Wäre nicht der Erste.

»Also, wie versprochen, mein, äh … wie gesagt: Erlebnis. Stattgefunden hat das Ganze in der Lüneburger Heide, bei einem Lehrgang für politische Ölmalerei der Juso-Ortsgruppe Hannover, damals in den 80ern. Und da war ich eben dabei und wir haben immer gemalt, das war so eine Art alter Bauernhof mit einer Scheune, die zum Atelier umgebaut war. Tags wurde gemalt und abends gab's politische Diskussionen. Und da war so eine Kollegin des Dozenten, eine gewisse Aletta. Die hat ihm immer assistiert und die Farben angemischt und sich um all das gekümmert. Aletta Lichtblau hieß sie, glaube ich, wobei ich denke, dass ›Lichtblau‹ ein Künstlername war. Diese Aletta, die war so dunkelrot und üppig, auf die waren alle scharf, aber es hieß, sie sei das Mädel vom Dozenten. Alle nannten sie nur ›Karpfen‹, weil sie angeblich küsste wie ein Karpfen. Und dann am letzten Tag hat sie mich beim Malen zur Seite genommen und mir ins Ohr geflüstert, ich solle um Mitternacht ins Atelier kommen. Also hab ich mich nachts aus dem Schlafsaal geschlichen und bin rüber ins Atelier. Und da stand sie, nur mit einem kleinen schwarzen Unterhöschen bekleidet, bei Kerzenlicht, in all ihrer Prallheit … oder sagt man Prälle?«

»Die Ossis sagen Prälle, glaub' ich …«

»Gut, dann Prallheit. Also dann sagte Aletta Lichtblau: ›Komm her und küss mich!‹, und ich habe sie geküsst und ich muss sagen, sie hat tatsächlich wie ein Karpfen geküsst.«

»Wie küsst denn ein Karpfen?«

»Na so saugend, mit ihren vollen Lippen, mit schmatzenden Geräuschen, das hat mich schon ganz schön erregt.«

»Mal im Ernst: Diese Aletta, dieser Karpfen, das war also Ihr erstes Erlebnis?«

»Nein, jetzt kommt's doch erst! Mitten im Kuss macht sie sich von mir los und sagt: ›Zieh dich aus!‹ Ich wollte sie so gerne noch mal in den Arm nehmen, aber da war nichts zu machen: Ich musste mich ausziehen, dann hat sie mir mit einem Strick die Hände gefesselt und gesagt: ›Und du machst keinen Mucks!‹ Und dann hat sie auf so einen verdreckten alten Wohngemeinschafts-Futon gezeigt, da musste ich mich hinlegen, neben einer Staffelei, mit den gefesselten Händen, auf den Rücken. Dann hat sie sich das schwarze Höschen abgestreift und sich mit gespreizten Beinen über mich gestellt. Meine Güte, das war alles so viel auf einmal, wenn plötzlich alles da vor einem liegt respektive steht, was man sich immer nur im Kopf zusammengesponnen hat, und der Geruch und alles, so viel Anatomie auf einmal, und dann sagte sie: ›Küss mich da!‹, und senkt sich auf mein Gesicht herab mit all ihrer Fülle und dann hab ich sie da geküsst und das war auch ein bisschen wie ein Karpfen, also auch sehr feucht und …«

»Vorsicht Achim, der Lastwagen da, der kommt rüber!«

Achim bremst schnell und lässt den vom linken Fahrstreifen kommenden Lastwagen vor sich einscheren.

»Wollen Sie jetzt hinter dem herzockeln?«

»Das ist die beste Spur. Bei drei Spuren ist die mittlere immer die beste.«

»Wenn Sie meinen … Weiter jetzt mit dem Karpfen!«

»Gut, weiter. Dann ist sie gekommen, leise, mit einem zuckenden Beben, und dann musste ich mich hinknien, ich war ja immer noch gefesselt, und sie ist vor mir auf die Knie gegangen, direkt vor der Staffelei, und hat mir hineingeholfen, denn meine Hände waren ja gefesselt, und hat gesagt: ›Los jetzt, mach schon! Und keinen Mucks!‹ Und ich beginne, ganz vorsichtig, und sie sagt noch mal ›Nun mach schon!‹, nimmt Pinsel und Farbe und fängt an zu malen, während ich sie von hinten … ich frage: ›Was soll'n das?‹, und sie sagt: ›Mach einfach weiter, Kleiner!‹, und dann: ›Und gib gefälligst Laut, wenn du kommst, damit ich das Bild nicht versau!‹

Und dann hab ich Aletta Lichtblau gebumst, auf den Knien, mit gefesselten Händen, von hinten, während sie mich vorne auf der Staffelei gemalt hat!«

»Und warum ausgerechnet Sie?«

»Die andern hatte sie alle schon gehabt, ich war der Letzte. Uns alle hat sie gemalt. Den ganzen Kurs.«

Er zockelt immer noch hinter dem Lastwagen her, fährt dann auf der linken Spur in den Theodor-Heuss-Platz ein, wird aber mehrmals angehupt, weil er versucht, zwei Spuren weiter nach rechts zu wechseln und den Kreisverkehr auf der

Bismarckstraße wieder zu verlassen. Ich kann gar nicht zukucken.

»Und? Zufrieden?«

»Mit Ihrem Spurwechsel oder was?«

»Nein, mit der Geschichte. Kennenlernen …«

»Ich hab ja keine Ahnung, was Sie heute noch alles vorhaben, Achim, aber eins muss ich schon sagen: So was wie Sie hab ich noch nicht erlebt.«

»Wo Sie doch schon drei ›Achims‹ vor mir hatten!«

Am Ernst-Reuter-Platz biegt er wieder ab, in den Savigny-Kiez und hält direkt vor dem Wilmersdorfer-Metropol-Theater. Umständlich fischt er sich seine Aktentasche vom Rücksitz, nestelt an den Verschlüssen herum. Mit Verschlüssen hat er's gar nicht, das kann ja noch was werden heute mit meinem Body. Wenn er mir den zerreißt, hau ich ab. Er drückt mir einen Umschlag in die Hand.

»Hier sind die Karten. Gehen Sie bitte schon mal vor, Kathi. Ich stelle nur noch schnell den Wagen ab. Hier ist PeBeZett!«

»Was?«

»Parkraumbewirtschaftungs-Zone! PeBeZett.«

Beugt sich über mich, macht mir die Beifahrertür auf. Kaum bin ich ausgestiegen, fährt er ruckartig davon.

Ich gucke mir die Leute an, die da vor dem Theater stehen: zum größten Teil einzelne Herren, meist im fortgeschrittenen Alter. Und ein paar ältere Damen, denen ich mindestens ein durchgestandenes SPD-Parteiausschlussverfahren wegen abweichlerischen Links-Denkens zutrauen würde. Und am Rand etwa fünf junge, hippe Pärchen, alle in einheitlichem Schwarz, Non-Konformisten-Uniform, Modell Lichtenberg.

Viel gesprochen wird nicht, ich hab fast den Eindruck, den Leuten ist es peinlich, hier gesehen zu werden. Ich geh' schon mal rein ins Foyer und suche nach der Toilette: Der scheußliche Kaffee vom Kiosk fordert seine Ausverleibung. Ich wasche mir die Hände, sehe in den Spiegel und überlege, ob es nicht vielleicht besser wäre, gleich von hier aus zu verschwinden, wahlweise ins Nirgendwo, nach Hause oder in irgendeine Bar.

Das Foyer leert sich, der dritte Gong ertönt und keine Spur von diesem Achim.

Die junge Frau an der Tür zum Saal sieht mich fragend an. Ich zucke nur mit den Schultern. Schöner Abend. In diesem Moment kommt Achim angerannt, außer Atem, die Aktentasche unter den Arm geklemmt.

»Kein Parkplatz. Entschuldigen Sie bitte.«

»Was ist denn das hier?«

»Nachtvorstellung. Erotische Soiree.«

Dabei lächelt er, irgendwo zwischen hintergründig und dämlich.

»Erotische Texte aus mehreren Jahrhunderten ... deshalb auch der späte Beginn. Ich glaube, wir müssen!«

»Glaub' ich auch. Wo Sie doch Unpünktlichkeit so hassen!«

Er nimmt mir die Karten ab, zieht mich durch die Tür, die die junge Türsteherin gerade schließen will. Sie reißt unsere Karten ab und belfert laut »Reihe 9« in die Grabesstille. Der Saal ist nur gut zu einem Drittel gefüllt, aber ausgerechnet die Reihe 9 ist fast voll. Und genau da in der Mitte liegen unsere Plätze. Wir quetschen uns vorbei an den schlechtgelaunten Pünktlichkommern auf unsere Plätze. Reihe 9 ist richtig sauer auf uns.

Der Vorhang öffnet sich, auf der von Rotlicht angestrahlten Bühne stehen zwei junge Bübchen, beide im Tanga-Höschen mit Leopardenmuster. Auf dem Kopf tragen sie Römerhelme, irgendwer hat ihnen einen Speer in die Hand gedrückt. Die beiden sind blass und mager, und das sieht doppelt blöd aus mit dieser historisch-militärischen Maskerade. Irgendwo von hinten, so etwa aus der zwanzigsten Reihe, ist ein lautes Lachen aus einer verrauchten Kehle zu hören. Ich dreh' mich um: Ganz hinten sitzt ein alter Mann mit lederartigem Schalk-Gesicht alleine in seiner Reihe und ruft laut hörbar durch den Saal:

»Soll der schwule Herr Intendant Milchbubis ficken, so viel er will, aber uns hier im Abonnement seine Bettknaben als römische Soldaten anzudrehen, das ist Beschiss!«

Ich muss laut lachen über den Zwischenruf des alten Manns, aber ich bin die Einzige im Saal. Ringsherum werd' ich angezischt, »Psst!« Achim nimmt meine Hand und flüstert mir zu:

»Keine Angst, Kathi, ich bin bei Ihnen!«

»Na dann ...«

Die beiden Milchbubis auf der Bühne blähen ihre Hühnerbrüstchen und fangen an, sich gegenseitig Gedichte vorzusagen. Klar, die geben sich Mühe, haben aber nur mäßiges Talent und dünne Stimmchen. Muss sich um antike Verse handeln, soweit man's überhaupt versteht. Unter den Römerhelmen haben sie kleine Mikroports angeklebt, aber die schlechte Aussteuerung der Tonanlage macht erst recht klar, dass die beiden nicht sprechen können. Vielleicht ist's ja Absicht, und ich hab's nur nicht kapiert. Ich beuge mich zu Achim hinüber.

»Was reden die da?«

Umständlich zieht er seine blöde Aktentasche unter dem Sitz hervor, kramt ein Programmheft raus und blättert drin rum.

»Liebesgedichte von Ovid. Vorgetragen von Arndt Krüger und Hagen Müller-Welzow.«

»Nie gehört.«
»Ovid? Das muss ein Klassiker sein ...«
»Ich meine Müller-Welzow.«
»Ach so.«
»Soll das jetzt Kunst sein oder erotisch?«
»Beides, nehme ich an.«

Um uns herum zischen die Leute wieder »Psst«, offenbar haben Arndt Krüger und Hagen Müller-Welzow hier so was wie Fans. Vielleicht zischen sie aber auch nur, weil man die beiden sowieso kaum versteht, trotz der Mikroport-Anlage. Oder gerade deswegen. Die beiden sagen noch gut 20 Minuten Texte von Ovid auf, ohne dass sich etwas bessert, weder Ton noch Inhalt. Von Erotik ganz zu schweigen. 20 Minuten können ganz schön lang sein. Bloß der Alte von hinten sorgt wenigstens hin und wieder mit bissigen Kommentaren für Heiterkeit, zumindest bei mir. Eigentlich schade, dass ich nicht mit dem Alten verabredet bin.

Mit kargem Applaus treten die beiden Bubis ab, und der eine fasst dem anderen lüstern grinsend mit der Hand in das Leopardenhöschen. Sofort poltert der Alte von hinten los:

»Lass ihn drinne, Junge, das lohnt sich nicht!«

Ich bin wieder die Einzige, die lacht. Die Umbaupause zieht sich in die Länge, Bühnenarbeiter in blauen Overalls schleppen umständlich Möbel auf die Bühne, die aussehen wie die Scheußlichkeiten aus den Prospekten, die man jeden Tag im Briefkasten findet. Mein alter Liebling aus Reihe 20 poltert:

»Nun macht schon hin da vorne!«, und einer der Bühnenarbeiter schnauzt zurück:

»Halt die Fresse, Opa!« Endlich mal was los im Theater.

Das Licht wird wieder dunkel, es geht weiter. Ein junger Mann schlurft auf die Bühne, um die 30, schlaksige Figur und unrasiert. Trägt einen zerknitterten Anzug, der mal viel Geld gekostet haben muss. Der soll offenbar den Eindruck eines Edelpenners vermitteln, eines abgestürzten Literaten vielleicht oder eines mit dem Mountainbike gestrandeten Managers, irgendetwas in dieser Richtung jedenfalls. In den Händen hat der Pseudo-Obdachlose ein abgegriffenes Textbuch und eine halbvolle Whiskeyflasche. Lässt sich auf die Couch der scheußlichen Wohnlandschaft plumpsen und rülpst dabei laut. Mein Achim fummelt wieder mit seinem Programmheft herum und flüstert mir ins Ohr:

»Das ist Leonard von Schwatzraff-Laffée. Ein Schriftsteller. So eine Art Nachwuchs-Star. Der liest aus einem Romanpigment.«

»Aus einem was?«

»Fragment, Entschuldigung. Ist so dunkel hier. Aus einem Romanfragment. Leonard von Schwatzraff-Laffée.«

»Ja, ja, den kenne ich. Der hatte mal was mit so einer Komikerin.«

»Ficken und ficken lassen!«

»Wie bitte?«

»Ficken und ficken lassen – so heißt das Fragment.«

Dieser komische Leonard von Schwatzraff-Laffée rülpst noch mal, nimmt einen Schluck aus der Whiskeyflasche, zerrt sich unter Krachen und Knarzen einen Mikrofonständer vors Gesicht und nuschelt in das Mikro.

»Okay, ihr Schwachköpfe – aus mei'm Fragment ›Ficken und ficken lassen‹ jetzt hier Kapitel drei: Studentin der Germanistik, drittes Semester.«

Der Kerl ist scheußlich. So eine Mischung aus Arroganz und Oberlehrerhaftigkeit, wie der ins Publikum starrt. Und nichts sagt dabei. Minutenlang. Kann gar nicht hinkucken. Scheint so eine Art Ritual zu sein: Die Szenepärchen in Lichtenberg-

Schwarz, die alle zusammen links vorne in einer Reihe sitzen, fangen irgendwann an zu applaudieren. Zum Glück. Wenigstens fängt der Herr Selbstinszenierer jetzt an zu lesen, ins Mikrofon reinzunuscheln.

»Okay, ihr Saftärsche.
War im Herbst.
Hatte 'ne Lesung. Volksbühne.
Hab erotische Texte gelesen. Meine eigenen, was sonst.
Sitzt vor mir so eine Studentin
Glotzt mich an mit ihren braunen Augen
Ihre fetten Titten wackeln
Und zappeln unter dem Baumwoll-T-Shirt
Sitz ich da und lese.«

Und so sprechsingnuschelnd geht das immer weiter: »Ich weiß, die Braut muss ich haben mitsamt den Augen und den Titten und lese fertig und kuck sie an dabei und seh sie zusammenzucken vor Geilheit, wenn sie meine Stimme hört, und mach sie heiß von der Bühne runter mit meinen funkelnden Augen und meinen geilen Texten.

Stell mich hin nach der Lesung an den Eingang und dann kommt sie an und ich kuck ihr wieder in die Augen und sage nur ›Dich will ich haben heute Nacht!‹, und sie nimmt meine Hand, schleppt mich mit nach draußen, zerrt mich in ihren alten Corolla, fährt los, raus aus Berlin, und erzählt mir, dass sie Germanistik macht im dritten Semester und dass ihr Vater mächtig Kohle hat und ein Ferienhaus in der Lüneburger Heide und da fahren wir hin und sie redet und redet und das macht mich noch geiler wie sie so redet über Literatur und wie eine Besengte über die Autobahn knüppelt und dann durch die nächtliche Heide und ich einen Jahrhundertprügel in der Hose und den ganzen Tag schon nichts gefressen und dann kommen wir da an in diesem Luxusbungalow mit Kamin und Bärenfell und Designer-Möbeln und ich fall fast um vor Hunger und der Prügel steht mir bis zum Anschlag und ich sage ›Entweder ficken wir jetzt oder ich verrecke vor Hunger und Geilheit‹, da zieht die sich aus bis auf ihre weißen Baumwollschlüpfer und fängt an zu kochen drei Karotten und ein Stück Fenchel in einem Topf mit Wasser, ohne Salz kocht die dieses Zeug sieben Minuten lang den Schlüpfer hochgezogen bis wer weiß wo hin und ihre prallen Arschbacken wackeln unter der Baumwolle wie zwei Rettungsbojen in der aufgepeitschten See bei Windstärke 9 und die Riesentitten tanzen ein Sturmballett über den Töpfen und mein Prügel steht wie nie und die rührt und mantscht und kocht das Zeug ohne ein Gramm Salz in dieser Poggenpohl-Luxusküche stellt mir das hin streut noch dummfrech Weizenkleie drüber setzt sich auf die Stuhlkante in der Ess-Ecke und zwar so dass ich ganz genau sehe, wie ihr Mäuschen schon kocht unter dem Schlüpfer, dann fängt sie an zu knabbern an dieser scheußlichen Weizenkleie frisst das Zeug in sich rein und jodelt auch noch in Verzückung: ›Uii, ist das lecker.‹«

Wie abgesprochen fangen die Szene-Kids links vorne wieder an zu jubeln. Ich muss zugeben, dieser Schwatzraff-Laffée ist von einer solchen Schamlosigkeit, ohne jeden Selbstzweifel, dass es glatt eine Kunstform sein könnte. Aber komisch finde ich's nicht. Und erotisch schon gar nicht. Aber offenbar kommt so etwas an. Ich habe mich in letzter Zeit schon gewundert, was in den Buchhandlungen haufenweise an vordergründigen Schamlosigkeiten auftaucht.

»Was soll das, Achim?«

»Das ist Leonard von Schwatzraff-Laffée, der ist schon regelrechten Kultstatus unter jungen Leuten.«

»Hat. Es muss heißen ›hat‹ Kultstatus.«

Ich kann mich vage erinnern, den schon einmal in einer Talkshow gesehen zu haben. Der Alte von hinten brüllt nach vorne:

»Hey, du Schwatzkopp: Hast du sie nun geknallt oder nicht?!«

Schwatzraff-Laffée säuft einen Schluck aus der Whiskeyflasche, spielt miserabel den Besoffenen, lallt nach hinten:

»Einen Dreck hab ich! Bin abgehauen und hab mir in der nächsten Autobahnraststätte vier Paar Würstchen mit Kartoffelchips reingeschoben!«

Dann steht er auf und geht ab. Aha.

Achim neben mir schüttelt verständnislos den Kopf.

»Moment, das verstehe ich nicht: Ich dachte, es war IHR Wagen, mit dem sie da in dieses Ferienhaus gefahren sind. Wie ist er denn jetzt zu dieser Autobahnraststätte gekommen? Mit ihrem Wagen, diesem Toyota, oder wie?«

»Vielleicht hat er sich einen Mietwagen genommen.«

»Kathi, ich bitte Sie! Mitten in der Nacht, in der Lüneburger Heide!?«

»Dann fragen Sie ihn doch.«

»Ja, das mache ich. Vielleicht gibt es nachher eine Möglichkeit zur Diskussion.«

Die Bühnenarbeiter bauen die Wohnlandschaft wieder ab, genauso langsam wie vorher. Ich sehe nach hinten – der alte Mann verlässt polternd den Saal:

»Theater soll das sein?! Eine beknackte Handwerksmesse ist das! Pfui!«

Schade. Die Kommentare des Alten waren das Einzige, was mir hier noch Spaß gemacht hat. Ich sollte aufstehen und hinterhergehen.

Ein schwarzer Stuhl wird hereingetragen, samt einem schwarzen Tisch. Das Licht wird langsam dunkler, bis nur noch Tisch und Stuhl in einem runden Scheinwerferkegel zu sehen sind. Wieder minutenlange Stille, dann tritt endlich eine Frau mittleren Alters auf. Hat einen dunklen Herrenanzug an, dazu Hemd und Krawatte, und hält ein Buch in der Hand. Sieht aus wie eine Lesbe. Scheint aber alle Zeit der Welt zu haben. Setzt sich auf den Stuhl und fängt an, die Leselampe und das Mikrofon zurechtzurücken. Und das dauert. Rote Haare hat sie, ein weiß geschminktes Gesicht, fummelt eine winzige Lesebrille hervor und stiert dann irgendwo ins Leere. Ich drehe mich um, ob da vielleicht was ist, was ich nicht mitgekriegt habe.

Achim fummelt wieder mit seinem Programmheft rum.

»Das ist Judith Stöver.«

»Ich weiß«, sag' ich.

»Judith Stöver rezitiert aus einem Porno-Schundroman. ›Blutjung und liebestoll‹ von Hajo von Stecher. Das ist sicher ein Pseudonym.«

»Wahrscheinlich, ja.«

Judith Stöver rutscht noch ein paar Mal geziert auf dem Stuhl herum, glotzt nunmehr ins Publikum und nestelt an ihrem Buch rum. Das ganze Gefummel hat eine gefühlte Länge von mehreren Minuten. Dann fängt sie endlich an zu lesen. Aber die Stöver liest nicht, die singt fast. Und macht völlig blödsinnige Betonungen und Pausen.

»Ja, du Drecksack, wichs mich, wichs mich, jaaa, jetzt bin ich – pause pause pause – geeeeiiii-l, und jetzt – pause pause pause – fick mich – spritz mir – deinen Saaaaamen – tief in meine Mö-hö-se – oh du!!! Rrrrrammel mich bis – pause pause pause – ich einen schönen – pause pause pause – Abgang bekomme, (plötzlich schreiend) stoß zu, stoß zu, du

Stier!!! (plötzlich ganz leise) Gieeeb es mir und dann – pause pause pause – beeee-sorg' ich's dir, (stakkato) stoß stoß stoß doch zu! (piepsend) Tiefer noch! Ooh ooh ooh (guttural) Tiefer tiefer immer tiefer, gib's mir, mach mich zu deiner – pause pause pause, dann piepsend – Stu-hu-te …«

Diese Judith Stöver da oben auf der Bühne muss in einer anderen Welt sein, weit, weit weg von allem. Und kriegt nichts mit von der Ratlosigkeit im Publikum. Schade, dass mein alter Liebling aus der letzten Reihe nicht mehr da ist, der hätte es ihr gegeben. Dafür applaudiert rechts vorne einsam ein 50-Jähriger mit Bart, langen Haaren, Jeans, Cordsakko und Hornbrille. Ich habe gar nicht gewusst, dass es solche Typen überhaupt noch gibt.

Dann liest Frau Stöver einen Prosatext aus dem Roman »BöseMösen« von einer gewissen Doreen Posche. Ich kann mich ganz fern erinnern, den Namen schon einmal gehört zu haben, in einem Hörfunk-Feature über die sogenannte »Feucht & Schlüpfrig«-Fraktion junger deutschsprachiger Autorinnen.

Ich schalte ab. Ich habe die Füße ausgestreckt und sehe mir, wie von einer inneren Tribüne aus, den Unfug an, der hier abläuft. Und neben mir kauert dieser merkwürdige Achim, den ich immer noch nicht einschätzen kann: erst das Cabrio-Dach, dann die halbgare Geschichte vom Karpfen und jetzt das hier. Klar, meine Lügengeschichte von Jens und dem Katamaran war auch nicht das Gelbe vom Ei, aber immerhin hat es diesen mageren Jens wirklich gegeben. Der hat mir auch ständig an die Wäsche gewollt, damals im Segelverein. Aber schon allein, wie ihm sein käsebleiches Gemächt mit den roten Schamhaarbüscheln aus der zerknitterten weißen

Turnhose rausgehangen hat … nein danke. Es wäre eine lebenslange Horror-Vorstellung, an so einen meine Jungfräulichkeit verloren zu haben. Von dem langen Hals rede ich gar nicht, und den vorquellenden Vogelaugen und der piepsigen Stimme, wenn der riesige Adamsapfel bei jedem Wort auf und ab gehüpft ist wie bei einem Gockel. Nein, Jens wär's wirklich nicht gewesen.

Und das hier? Bis jetzt verspüre ich keinen Hauch von irgendwelcher Lüsternheit. Ich fühle mich sediert vom Gesinge dieser Judith Stöver, die den Text von Frau Posche zelebriert, als sei es eine unheilige Messe. Die Wortfetzen, die ich aufschnappe, schlingern in der Ich-Form immer wieder um das Genital der jungen Autorin, aber trotz der verbalen Schamlosigkeit bleibt alles wie hinter einem Schleier verborgen. Vielleicht verstehe ich die Botschaft auch nur nicht. Weder die Kerlchen in den Leopardenhöschen noch Herr Schwatzraff und Frau Stöver bringen eine Saite in meiner versauten Fantasie zum Schwingen.

Ich versuche, mich ganz entfernt daran zu erinnern, was ich heute Nacht eigentlich vorgehabt hatte, und frage mich, warum ich hier sitze. Eines interessiert mich tatsächlich: welcher Trieb diesen Achim wirklich peitscht. Ob es nur reine Harmlosigkeit ist oder ein krankes Hirn. Oder ob da doch ein ausgeklügeltes Kalkül dahinterstecken könnte, wenn der mir eine geile Nacht verspricht und dann eine derartige Serie von pseudoerotischem Bockmist auffährt.

»Also Achim, ich glaube, das reicht jetzt.«

Da ist es wieder, dieses liebenswürdige Lächeln.

»Ja Kathi, jetzt sind Sie so weit, was?!«

Bevor ich was sagen kann, zieht er mich nach draußen. Mit einer Entschlossenheit, die ich ihm gar nicht zugetraut hätte. Was wird das jetzt?

Draußen auf dem leeren Platz vor dem Theater lässt er mich stehen, zwinkert mir zu und rennt los, die Aktentasche unter dem Arm. Wahrscheinlich holt er den Wagen. Das wär' eine Chance, einfach in ein Taxi zu steigen.

Hab wirklich keinen Schimmer, was der nette Herr Achim jetzt vorhat. Außerdem fängt's an zu regnen. Aber schon kommt er mit dem gelben Cabrio an, für ihn und seine umständliche Art eine Rekordzeit. Er springt raus, macht mir die Beifahrertür auf. Dann macht er die Klappe für das Verdeck auf, den Hebel unter dem Armaturenbrett kennt er ja inzwischen. Er versucht, das Dach wieder zuzumachen, aber da haben die Konstrukteure aus Turin offenbar auch einen Sicherheitsmechanismus eingebaut. Jedenfalls kriegt er das Dach jetzt nicht raus aus der Luke. Wir fahren mit offenem Dach los, der Regen wird stärker. Achim gibt mir seine geliebte Aktentasche.

»Nehmen Sie sich die über den Kopf, Kathi. Das ist sicher nur ein Schauer.«

Würde mich schon interessieren, was da drin ist, in dieser Aktentasche, die ich im Fahrtwind festhalte. Achim fährt wie aufgeputscht über die nassen Straßen, rüber nach Kreuzberg.

Er biegt ins Paul-Lincke-Ufer ein, direkt am Landwehrkanal, stellt den Wagen ohne Probleme vor einem sehr schönen, opulenten Jugendstilbau ab.

»Los, kommen Sie!«

Ich bleibe vor dem Haus stehen und wundere mich. Neben der Haustür hängen lauter Emaille-Schilder, die auf mindestens 20 Arztpraxen hinweisen.

»Was wollen Sie denn da drin, Achim?«

»Ja, jetzt sind Sie neugierig, was?! Gleich lassen wir's krachen!«

Er kramt einen Schlüssel hervor, schließt auf und zieht mich regelrecht rein durch die schwere weiße Haustür, die mit Jugendstil-Ornamenten verziert ist und hinter der er es jetzt krachen lassen will, mein Wilmersdorfer Taschenwolf.

KAPITEL IV

Nicht mal ein Anruf kam nach der Sache mit Jens Reimar Brillich. Keine Nachfrage, kein Verhör, keine Ermittlung. Klar hatte ich Angst, dass da irgendwann ein sächselnder Colombo-Verschnitt aus Bad Schandau bei mir vor der Tür steht, Fragen stellt, mir dann Handschellen anlegt und mich in Untersuchungshaft abführt. Aber kein Polizist, kein Kriminalkommissar der Welt kam auf den Gedanken, mich mit Brillichs Ableben in Verbindung zu bringen. Ich habe mir im Berliner Ostbahnhof Zeitungen aus der Gegend besorgt, im Bad Schandauer Lokalblatt hat was drüber gestanden. Man hatte es als Unfall abgetan. Das Toilettenhäuschen war halb untergegangen und irgendwie im Schwebezustand gut 25 Kilometer flussabwärts getrieben. Da hatte es sich dann an einem Landungsdalben bei Pirna verfangen. Nur durch Zufall sind die draufgekommen, dass es sich um die als gestohlen gemeldete Bad Schandauer Dixi-Toilette gehandelt hat: Der Imbissbudenbetreiber hatte am nächsten sonnigen Tag den Diebstahl des Klos bei der Polizei gemeldet. Und als ein Lastwagenfahrer die geborgene Toilette aufladen wollte, ist ihm das hohe Gewicht aufgefallen. So wurde der aufgequollene Jens Reimar Brillich entdeckt.

Klar, da sind mir schon schlimme Sachen durch den Kopf gegangen. So was wie Mord oder Totschlag steckt man ja nicht mit links weg. Zumindest nicht im richtigen Leben. In

Mariella Mayers Männermüll-Fibel war natürlich von so banalem Kram wie der Schuldfrage nicht die Rede. Kommt einfach nicht vor in satirischen Werken. Mir ist in den Sinn gekommen, ob Jens Reimar Brillich als Satire-Redakteur dieses Männermüll-Büchlein vielleicht in die Hände gekriegt haben könnte. Aber zumindest schien er nicht geahnt zu haben, was ihm bevorstehen könnte. Ich hatte so was natürlich auch nicht geahnt, es war sozusagen über mich gekommen, als Brillich da kackend und monologisierend in der Plastikkabine gehockt hatte. Ich hatte's ja nicht geplant. War ja im Sinne von Mariella Mayer auch nur ein kleiner Schubs hin in Richtung von Jens Reimar Brillichs finaler Daseinsbestimmung. Hätte sie wahrscheinlich so ausgedrückt, meine gute Mariella. Ich musste lachen, als ich mich an einen von Jens Reimars endlosen Monologen erinnerte, da hat er ausschweifend – wie sonst?! – gejammert, dass ihm die Satire immer nicht weit genug gegangen war. Nun wär's ja weit genug gewesen, aber nun kann er nichts mehr dazu sagen. Wären wahrscheinlich Tage geworden, zu diesem Thema. Und immer wenn mich nachts die Gewissensbisse geplagt haben, hab ich mir vorgestellt, wie Jens Reimar Brillich neben mir gelegen hatte: die zwei-Minuten-Ejakulations-Terrine, ununterbrochen quatschend zwischen den WC-Sitzungen. Und schon ist mir mein Tun nur noch bedingt verabscheuungswürdig vorgekommen. Im Grunde hatte ich dem Hirntumor nur ein wenig vorgegriffen und Jens Reimar Brillich auf dem Weg zu seinem Schicksal womöglich noch Schmerzen erspart. Eigentlich hatte diese Mariella Mayer gar nicht so unrecht. Die Kinder freilich haben mir leidgetan. Aber das hätten sie auch, wenn er am Leben geblieben wäre.

Dann ist was Merkwürdiges passiert: Zwei Wochen nach der Sache mit Jens Reimar rief Hanfried Schüttler an. Einfach so. Wollte sich angeblich nur erkundigen, wie es mir denn so gehe, ein paar Monate nach der Scheidung. Hanfried Schüttler, ausgerechnet. Am Telefon war er wieder von einer kaum greifbaren Zweideutigkeit. Schon irgendwie geistreich, aber immer haarscharf an der Schlüpfrigkeit dran. Ob ich denn schon wieder einen Mann hätte? »Denn, meine liebe Kathrin, das übersteigt ja schließlich selbst meine prozessgeschulte Vorstellungskraft, dass eine hochgradig attraktive Frau wie Sie die Nächte in Einsamkeit verbringen muss.«

Was sollte denn das? Mir war, als hätte ich herausgehört, Schüttler selbst wollte sich anbieten, mir die einsamen Nächte zu versüßen. Allein der Gedanke daran! Wie damals, als er mir in seiner gespielten Zufälligkeit an den Hintern gelangt hatte. Widerlich.

Ich hatte natürlich auch mit Sylvia über Hanfried Schüttlers Attacke gesprochen, aber die hielt das für Quatsch. Seit Schüttler das Kommunisten-Drillichzeug gegen die Nadelstreifen eingetauscht habe, vögle er lieber Männer. Hätte sie zumindest so gehört. Hielt sich die Frau nur als Alibi. Familie als Ausrede, für was auch immer. Sylvia wollte nicht ausschließen, dass Hanfried Schüttler seine tumbe Ehefrau mit den angeblich großen Brüsten einmal in zwei Wochen ein paar Minuten lang besteigen würde und damit zufrieden sei. Und sich den Nimbus des heimlichen Schwulen wahrscheinlich nur zugelegt habe, vorsätzlich. Um in manchen Kreisen bessere Stiche zu machen, als Anwalt und als Anlageberater. Dabei soll er selber Aktien ohne Ende besitzen, fleißig zusammenspekuliert vom Überschuss aus den Scheidungsprozessen. Und da bleibt ja weiß Gott was hängen, seit sich Hanfried Schüttler in Industriellen- und Politikerkreisen als Rettungsanker vor feministischen Richterinnen etabliert hat. Frustrierte verbeamtete Scheidungs-Hyänen, die den Herren, die schnell die Gattin entsorgen müssen, um mit der Geliebten endlich Eigentum auf Mallorca erwerben zu können, nicht mehr am Leib lassen als die Seidenunterhose. Manchmal habe ich mich schon gefragt, ob Sylvia sich diesen ganzen Mist nicht einfach selber ausgedacht hat. Zuzutrauen wär's ihr.

Das zwanzigminütige Telefongespräch mit Schüttler war also ziemlich unangenehm. Obwohl es daherkam wie ein joviales Geplänkel zwischen Anwalt und Klientin. Ich hatte permanent das Gefühl, Hanfried Schüttler sitzt mit heruntergelassenen Hosen am Telefon, die eine Hand im Schritt, während er mit der anderen den Hörer ans Ohr hält, um mir irgendwelche Zweideutigkeiten in den Hörer zu flöten. Aber dann kam urplötzlich dieser Hammer: Schüttler bot mir an, wir könnten ja mal zusammen eine kleine Spritztour mit seinem neuen Porsche Targa machen. Vielleicht mal ins Elbsandsteingebirge, das sei sehr schön da, gerade die Ecke um Bad Schandau, man könne ja auch mal auf einen dieser Felsen steigen und auf die Elbe hinunterkucken.

Mir blieb fast die Stimme weg. Ich bekam grade noch ein paar Abschiedsworte hin, ohne meine Panik zu verraten. Ich war so froh, als das Freizeichen wieder da war. Warum hatte Hanfried Schüttler ausgerechnet das Elbsandsteingebirge vorgeschlagen? Ahnte der was? Unmöglich, der konnte nichts von Brillich wissen, das wusste niemand. Außer vielleicht Sylvia, und vielleicht hatte die sich ja verplappert und Hanfried Schüttler hatte zufällig in der Zeitung vom tragischen Tod des Redakteurs gelesen und sich den Rest zusammengereimt! Dreck verdammter. Ich beschloss, das zu ignorieren. Der konnte nichts wissen, basta. Musste ein Zufall gewesen sein, Punkt.

In den Wochen danach habe ich mich einfach wieder intensiver meiner Arbeit gewidmet und mich ab und zu mit

Sylvia getroffen. Beim Japaner, wo sonst. Bei Sushi über die Männer ablästern. Es war auch wieder ein neues Männermörderinnen-Buch von Mariella Mayer erschienen. Da war eine Geschichte drin, wie eine rothaarige Ex-Hippie-Frau ihren porschefahrenden Liebhaber losgeworden ist. Auf Ibiza, auf einer kleinen kurvigen Straße. Der Typ hat auf Fesselspiele gestanden und sie hat ihn auf den Fahrersitz gefesselt und versprochen, ihm einen zu blasen. Das bescherte dem schnauzbärtigen Mittdreißiger die Erektion seines Lebens. Sein Prachtstück hat die Rothaarige ihm auch verschnürt, was den Kerl fast zur Raserei brachte. Was der Immobilienhai aber nicht wusste: Sein Hippie-Mädchen hatte sich eine raffinierte Konstruktion mit Seilen und Umlenkrollen ausgedacht, die den Motor auf Vollgas gehen ließ, sobald die Erektion nachlassen würde. Den ersten Gang hatte sie eingelegt und auf das Kupplungspedal ein Gewicht gelegt, mit einer Reißleine dran. Ums kurz zu machen: Als dem Makler der Schwanz zu schrumpfen begann, heulte sein Porsche-Motor auf voller Drehzahl, Miss Hippie ist ausgestiegen, hat mit der Reißleine das Gewicht vom Kupplungspedal gezogen und der Porsche ist mit durchdrehenden Reifen losgerauscht, von null auf hundert in 3,8 Sekunden, also hatte die Karre nach den knapp 150 Metern bis zur Steilküste eine Geschwindigkeit von gut 120 Stundenkilometern drauf. Genug, um in einer eleganten ballistischen Kurve über die Klippe zu sausen und ins Wasser zu stürzen. Inklusive Schnauzer, gefesselt. Klar, dass diese Geschichte samt den abenteuerlichen technischen Details ausgedacht war, aber Sylvia und ich hatten viel Spaß daran.

Auf dem Nachhauseweg vom »Yamagoti« war ich in der Nähe vom Bahnhof Zoo an einem Kiosk vorbeigekommen und hatte mir, noch in aufgedrehter Laune, aus purem Spaß das neueste »Happy-Weekend«-Heft mitgenommen. In diesem Schundmagazin werden private Sexkontakte angeboten. Diese Bumspostille ist natürlich ein Anachronismus in einer Zeit, in der ich mir über das Internet jedes passende Abenteuer herausgoogeln kann, aber sie hat in ihrer billigen Primitivität etwas Verruchtes, was mich irgendwie reizt. Ich hab noch bis zum Einschlafen in dem Heft geblättert. Und obwohl mich viele von den dilettantischen Nacktfotos fettleibiger Mitbürger eher amüsiert als angeturnt haben, musste ich feststellen, dass ich hier und da doch eine gewisse Erregung verspürt habe. An einer Anzeige war ich hängengeblieben. Das stand: »Geiler protestantischer Geistlicher sucht frauliche Fleischeslust in Mecklenburg.« Kein Foto dabei, natürlich mit Chiffre.

Meine Hand hat sich einmal kurz zwischen meine Beine verirrt, dann hab ich das scheußliche Heft weggelegt, das Licht ausgemacht und versucht einzuschlafen. Ich hab noch mal an Mariella Mayers Porschefahrer denken müssen, an seinen letztmaligen Genuss der 3,8-Sekunden-Beschleunigung, und hab in mein Kissen gekichert. Albern, klar.

Aber der Schlaf wollte nicht kommen, der »geile protestantische Geistliche« von Seite 79 im »Happy Weekend« hat mich nicht losgelassen. Was sollte die Anzeige bedeuten? Eine Masche? Eine kryptische Umschreibung für eine Sauerei, die ich bislang noch nicht gekannt hab? Oder tatsächlich einfach nur ein Pfarrer, der eine eindeutige Kontaktanzeige aufgegeben hatte? War ja auch riskant: Wenn so etwas an die Öffentlichkeit käme, dann wäre es das wohl gewesen mit der Kanzel und dem Besoldungsstatus nach Beamtenrecht, selbst bei den Protestanten. Gegen Mitternacht bin ich aufgestanden, hab mich an den Computer gesetzt und geschrieben:

»Bestens situierte Dame wäre gewillt, sich eine Predigt anzuhören und sich dann bei Gefallen den Segen spenden zu lassen.« Dann hab ich den Brief ausgedruckt, mir schnell was übergezogen, bin die paar Schritte bis zum nächsten Briefkasten gegangen und hab den Umschlag eingeworfen.

Drei Tage später steckte ein Kuvert in meinem Briefkasten, ohne Absender. Ich hab zunächst gar nicht an den geilen Pastor gedacht, denn ich hatte eine Antwort frühestens in zwei Wochen erwartet. Kaum in der Wohnung, hab ich den Brief aufgerissen. Die Botschaft, die da in kindlich wirkender Handschrift stand, war knapp: Ich, die verehrte gutsituierte Dame, sollte mich am kommenden Sonntag um zehn Uhr zum Gottesdienst in der Erlöserkirche im Ostseebad Prerow einfinden. Alles Weitere würde ich dort erfahren. Gezeichnet: Ihr geiler Geistlicher.

Ich musste den Brief ein paar Mal lesen, um sicher zu sein, dass ich nicht irgendwas übersehen hatte. Hab kurz mit dem Gedanken gespielt, Sylvia anzurufen und ihr von der Sache zu erzählen, aber das hab ich dann doch lieber bleiben lassen. Hatte keine Lust auf irgendwelche schlauen Ratschläge. Ich war schon froh, dass Sylvia einfach so geschluckt hatte, ich hätte den tumorgeplagten Jens Reimar Brillich rausgeschmissen, ein für allemal.

Also Hinfahren zum geilen Geistlichen oder nicht? Ich hab mir einen Whiskey eingegossen und überlegt. Dann hab ich meinen zerfledderten Straßenatlas rausgekramt und nachgekuckt, wo denn dieses Prerow überhaupt war. Von Berlin aus musste das in drei Stunden zu schaffen sein. Kurz nach halb zehn Uhr morgens am folgenden Sonntag bin ich von der Landstraße, die nach Barth und Stralsund führt, links abgebogen in Richtung Ortsmitte Prerow. Die Erlöserkirche hatte ich in dem kleinen ehemaligen Fischerdorf schnell gefunden. Es war ein Schmuddelwetter, der Wind hat dunkle Wolkenfetzen vor sich hergetrieben, ab und zu hat's auch geregnet: so ein richtig deutscher Sommertag. Von irgendwelcher Fischer-Romantik war in dem Dorf nicht mehr viel übrig: Der Tourismus hatte den Ort schon voll im Griff. Die Häuser allesamt in buntem neuzeitlichen Farbdesign, statt Rohrdächern knallbunt glasierte Ziegel. Und überall Kioske, aus denen Bade- und Freizeitartikel aus Kunststoff hervorquollen, als wär' da einen Stock tiefer eine unterirdische PVC-Fabrik, die dieses Zeug mit Überdruck produziert.

Wenigstens die Erlöserkirche war noch alt, jedenfalls hat sie so ausgesehen, aus rotem Backstein, im romanischen Stil, wenn ich da richtig aufgepasst hab. Mitten im Kirchenschiff hing ein großes Segelschiffmodell aus Holz, das sollte wohl zeigen, dass das hier mal eine Seefahrerkirche war. Platz gab's genügend: Außer mir waren vielleicht zehn Einheimische und ein paar versprengte Touristen in der Kirche, in der es trotz der Kälte wahrscheinlich noch gemütlicher war als am Strand. Mir war das alles ein bissel suspekt: ein erotisches Treffen Sonntag vormittags im Gotteshaus eines Ostseeheilbads, einen Tempel der Lust hatte ich mir anders vorgestellt.

Nach einem kurzem Orgelspiel einer älteren gehbehinderten Frau ging die kleine Tür zur Sakristei auf und der Pfarrer kam raus: ein untersetzter Mann im Talar, tatsächlich so um die 40. Sollte das mein geiler Geistlicher sein? Hat angefangen, den Gottesdienst zu halten, in der bescheidenen protestantischen Art. Ich hatte das Gefühl, aus der Liturgie einen süddeutschen Dialekt herauszuhören. Und ich hab gefroren. Ich war mir relativ sicher, am falschen Sonntag am falschen Ort in der falschen Kirche zu sitzen.

Nach dem Gebet und zwei Liedern, die der Pfarrer mit der Frau an der Orgel nahezu alleine gesungen hatte, stieg der kleine Mann auf die Kanzel. Und trotz seiner kompakten Ausmaße ist mir dabei zum ersten Mal seine erstaunliche Agilität aufgefallen. Von der Kanzel herab hat er seine kleine Gemeinde angesehen, schweigend, sein Blick blieb bei jedem Einzelnen kurz hängen. Als wollte er jedes Schäfchen mustern, das sich in seine Erlöserkirche verirrt hatte. Und dann hat er mich angekuckt. Die zwei, drei Sekunden haben schon gereicht, aus seinen Augen hat eine solche Portion unverhohlener Gier und Geilheit hervorgeblitzt, dass ich mit einem Schlag alle Zweifel los war, im falschen Tempel zu sitzen.

Dann hat er mit der Predigt angefangen. Von null auf hundert hat er losgelegt, verbal von oben herabgerammelt in das kleine Gotteshaus, mit tragender Stimme, voller Anspielungen und Zweideutigkeiten. Ich hab gedacht, ich hör' nicht recht. Sogar das Tempo hat er im Griff gehabt: Immer wieder Blitzattacken, dann eine kurze Pause, wie zur Erholung, und dann hat er wieder unvermittelt losgepredigt.

»Oh ja, semmer doch amal ehrlich – na, meine liebe Ferien-Gemeinde hier in Breerow, mir leb-na doch in aaner Zeit der Verführung und des Sündnfalls, und wenn unser Herr Jesus damals in Jerusalem den Dembbl gereinicht hat-na, dann misst-na er heutzudaach was ganz was andres reinich-na, und ihr, liebe Feriengemeinde hier in Breerow, ihr wissts-na ganz genau, wo unser Herr Jesus da mit'n Reinichen anfangen misst-na, gell!«

Dass das ein süddeutscher Dialekt sein musste, war mir schon klar; wegen der Verdrehung der Endsilben und dem plappernden Klang tippte ich aufs Fränkische. Ich hatte mal eine Patientin, die auch so gesprochen hatte, in einem fort.

Und immer wieder hat er meinen Blick gesucht, der Herr Geistliche, wie ein Maschinengewehrschütze hat er gepredigt über Gott und die verruchte Welt. Und dann ist er mich ganz persönlich angegangen, als ob außer uns beiden keiner in dieser Kirche wäre. Ein Schauer der Erregung ist mir da durch den Leib gefahren, als der kleine Mann mich von der Kanzel runter mit seinen Augen und seiner Stimme festgenagelt hat.

»Manche von uns sind hierhergekomm-na nach Breerow, um Urlaub zu machen und etwas zu erleb-na, was sie daheim nicht erleb-na. Immer ist der Mensch unterwegs, auf der Suche nach dem gelobten Land, wo Milch und Honich fließ-na, und da frach ich euch amal ganz ehrlich: Was ist denn des heutzutaach, Milch und Honich? Was erlebn's denn ned mehr daheim? Ich sach's euch, denn es ist immer das Gleiche, seit die Eva zum Adam im Barradies g'sacht hodd: Komm her, mei kleiner Adam, schau amal, was ich da für a süßes Äpf-la hab für dich! Und sie hat ja ned nur a Äpf-la gehabt für ihren Adam, die hadd noch was ganz was andres gehabt-na für ihren Adam! Was isses denn heutzudaach, simmer doch amal ehrlich: Geld. Immer wieder Geld. Geld und Seggsualidäd! Der Mensch lebt ned vom Brot allein! Und immer die Äpf-la! Ich saach euch amal was: Der Herrgott da drob-na, der kennt eure Sündn scho, bevor ihr g'sündicht habts-na, gell!«

Von den Touristen hat natürlich keiner kapiert, was der verbale Kugelblitz an Schlüpfrigkeiten von der Kanzel heruntergeschleudert hat. Hinter mir hat eine Touristenfamilie gesessen, aus dem Rheinland. Die haben während der ganzen Predigt versucht, ihre nölende fünfjährige Tochter ruhigzustellen. Und die Einheimischen haben die Predigt über sich ergehen lassen, wie der Mecklenburger eben ohne erkennbare Stimmungsschwankung auch zwei Wochen Regenwetter in der Hochsaison abwettert. Ich war mir sicher, dass außer mir keiner, weder Mecklenburger noch Tourist, mitbekommen hat, was der kleine Kerl da oben an Obszönitäten dahergeredet hat.

»Und wenn ihr saachts, ihr suchts-na Erholung da am Strand – vielleicht suchts ihr ja ganz was andres am Strand! Was ganz was andres! Und des kann ja auch Erholung sein! Du sollst nicht begehren deines nächsten Weib, sacht-na der Herr Jesus und ich sach euch: Mir miss-na heudzudaach auch vielleicht auch amal drüber nachdenk-na, was das Weib, gell, was das Weib von sei'm Nächsten begehrt-na, gell! Amen.«

Und dann hat er seine Gläubigen – ?! – persönlich an der Kirchentür verabschiedet. Als ich an der Reihe war, hat er mir wieder so einen seiner Blicke verpasst und mir einen kleinen Zettel zugeschoben. Da drauf war, von Hand gezeichnet, eine Art Lageplan, der ausgesehen hat wie die Anleitung, wo der Piratenschatz zu finden ist. Aber sein Blick alleine hatte schon gereicht, dass mir wieder ein kleiner Schauer über den Leib gelaufen ist.

Passiert ist es dann in der kleinen Fischerhütte, die auf dem Zettel mit Bleistift aufgezeichnet war. Die Hütte war klein, fensterlos, an den Wänden haben Fischernetze und ein paar Bojen gehangen. In der Mitte hat ein Bett aus Metall gestanden, wie aus einer Kaserne übrig geblieben, aber mit frischem weißen Bettzeug überzogen, immerhin. Ich hab mich neugierig umgesehen, den Zettel noch in der Hand, da ist die Tür aufgegangen und der Pfarrer einfach reingekommen. Wie zum Konfirmandenunterricht. Er hat immer noch den Talar angehabt, hat meine Hände genommen und mir wieder in die Augen gesehen. Da war's eigentlich schon um mich geschehen. Diese wortlose Situation hatte eine derartig unverfrorene Verruchtheit, wie ich sie noch nie erlebt hatte. Der Blick hat ewig gedauert, der Pastor hat mich mit entschiedener Zärtlichkeit auf das Bett bugsiert und langsam angefangen, mir die Jacke und mein Kleid auszuziehen. Dann war ich auch nicht mehr zu halten, gierig hab ich ihm unter den Talar gegriffen, unter dem er splitternackt war. Was dann folgte, hat echte zwei Stunden gedauert und war die körperliche Fortsetzung von dem, was sich von der Kanzel herunter schon verbal angedeutet hatte.

Der Pfarrer war mit solch einer Vehemenz über mich hergefallen, dass es mir fast schon zu viel war. Wie gesagt: fast. Der musste regelrecht ausgehungert gewesen sein, kein Anzeichen von Ermüdung nach der Brachial-Predigt. Sein ganzer untersetzter Körper war griffig, keine Spur von Schwabbeligkeit, fast wie ein bisschen klein geratener Zehnkämpfer. Er hatte ein nicht besonders langes, aber wirklich überdurchschnittlich dickes Organ, mit dem er auch wirklich virtuos umgehen konnte. Bei all der Rammelei war der Pastor auch ein einfühlsamer Liebhaber, muss ich schon sagen. Wir sind von einem gemeinsamen Höhepunkt zum anderen getaumelt, während draußen der Wind die Regenschauer an die Wände der kleinen Hütte prasseln ließ.

Nach zwei Stunden hat mir alles wehgetan: Der kleine Kerl hatte noch mehr gegeben als auf der Kanzel. Erschöpft und glücklich haben wir auf dem Bett gelegen, wie besoffen von diesem wunderbaren Sommer-Ritt durch den Regen.

Ullrich Forchenbeck hat er geheißen, hatte eigentlich eine Pfarrstelle in Bad Sülze und war hier in Prerow nur Urlaubsvertretung für die Pfarrerin, die Urlaub im heimatlichen Halle machte. Freilich hatte Forchenbeck auch eine Frau, die mit ihm und vier Kindern im Pfarrhaus von Bad Sülze wohnte. Ich hab natürlich Bad Sülze nicht gekannt: Das muss etwa 30 Kilometer entfernt im Landesinnern liegen, sozusagen am Arsch der Welt.

Pfarrer Forchenbeck hat sich eine Zigarette angezündet.

»Geben Sie mir auch eine, Pastor.«

Er hat mir Feuer gegeben und angefangen, sich zu entschuldigen. Dass er noch nie eine Kontaktanzeige aufgegeben hätte. Aber die einmalige Gelegenheit in Form der Prerower Ferienvertretung eben. Und eine gewisse Eintönigkeit nach 15 Jahren Ehe. Und noch dazu all die vielen jungen Frauen in Strandbekleidung, da wär' er eben das Wagnis eingegangen. Ich hab mir gedacht, der soll das jetzt bloß nicht alles wieder kaputtquatschen. Das hätt' mir noch gefehlt, die Selbstkasteiung eines Protestanten nach dem Sündenfall. Die sind ja da nicht so geschmeidig wie die Katholen, die ohne seelisches Kondom vögeln können, weil's hinterher die Beichte gibt mitsamt Vergebung. Aber der Herr Pfarrer hat die eigene Verfehlung mit Fassung getragen. Was so wunderbar gewesen sei, hat er gesagt, müsse »irchentwoo« schließlich auch von Gott gegeben sein.

Mir ist spontan der Gedanke gekommen, dass derart geiler Sex vielleicht nur mit Fremden möglich war. Gut, wenn zwei vertraute Menschen miteinander ins Bett gehen, dann hat das meistens eine andere Qualität der Erotik. Aber dieses gegenseitige Übereinanderherfallen von zwei Unbekannten in einer mecklenburgischen Fischerhütte, da waren plötzlich hormonelle Reserven da, die man sonst einfach nicht abrufen kann, da kann man sich Mühe geben, so viel man will. Müsste man mal drüber nachdenken, auch medizinisch und psychologisch, woher dieses Phänomen kommen könnte.

Wir haben eine Weile lang miteinander geredet und sein fränkischer Dialekt hat mich immer weniger gestört. Er stammte ursprünglich aus Coburg, einem Nest für evangelische Theologen, wo auch sein Vater schon Pastor gewesen war.

Ulli Forchenbeck war wirklich ein amüsanter, geistreicher und vor allem auch charmanter Plauderer. Und diese witzige Art, zusammen mit diesen Blicken, das hat mich wieder derart angemacht, dass wir uns noch ein letztes Mal ineinander verkeilt haben und mit derartigen Schreien der Lust gekommen sind, beide, dass man die bei günstigem Wind wahrscheinlich bis nach Dänemark gehört hätte. Aber wir hatten Glück: Der Wind kam aus Osten, und bei dem windigen Regenwetter hat sich niemand am Strand herumgetrieben. Dieses Gestöhne hätten selbst halb taube Kurgäste mitgekriegt, auch bei verschlossener Hüttentür. Ullrich Forchenbeck musste dann wieder los, weil seine Frau in Bad Sülze sonst misstrauisch werden könnte, wenn er allzu spät von der Vertretungspredigt zurückkommen würde.

Zum Abschied hat er mich gefragt, ob er mich fotografieren dürfe: Ich könnte bestimmen, wie viel ich ihm zeigen wollte. Ich hab zunächst nicht gewusst, was das sollte. Aber ein Blick in Forchenbecks Augen hat gereicht: Das sollte ein erotisches Foto werden, was sonst. Mir war das schon ein wenig peinlich, vor allem als er mir den Vorschlag gemacht hat, ich sollte mir für das Foto seinen Talar überziehen. Und sonst nichts. Na danke. Für einen Moment ist mir der Gedanke gekommen, der Pfarrer könne die Fotos vielleicht irgendwann zu Erpressungszwecken benutzen. Aber das war albern: Wenn, dann hätte höchstens ich IHN erpressen können und die Fotos an seine Gattin nach Bad Sülze schicken.

Also hab ich mir das schwarze Pfarrersgewand übergezogen und mich auf dem Kasernenbett drapiert. Den schweren Stoff des Talars hab ich nur so weit über die Beine nach oben geschoben, dass man eher was ahnen als wirklich was sehen konnte. Ullrich Forchenbeck hatte unter dem Bett eine Kameratasche hervorgekramt und eine alte würfelförmige Hasselblad-Kamera rausgeholt. So viel versteh' ich ja von Fotografie: Das war keine billige Urlauber-Knipsausrüstung, mit der Ulli Forchenbeck da rumhantierte, ziemlich geschickt sogar.

»Waaßt, bloß a weng' a erroddisches Foddo, als Erinnerung. Ich du' dir gleich morng'na an Abbzuch schick'na!«

Seine Verdrehung der Endsilben hat mich amüsiert, und auch die Art, wie er mich fotografiert hat: Das hat er mit derselben Hingabe getan wie auf der Kanzel und im Bett. Er war nackt dabei, seinen Talar hatte ich ja an. Und bei jedem Klicken des Auslösers hat's ausgesehen, als würde ein kleiner Ruck durch sein pralles Gemächt gehen.

Als ein Film voll war, hab ich mich wieder angezogen und Ullrich Forchenbeck den Talar zurückgegeben. Er hat sich sein schwarzes Gewand wieder übergestreift und sich von mir mit einem Küsschen verabschiedet. Dann hat er sich kurz draußen umgesehen und mir ein Zeichen gegeben, dass die Luft rein war. Er ist noch in der Hütte geblieben, und ich bin durch den Regen und den Wind wie eine hochzufriedene und glückliche Urlauberin den Strand entlang ins Dorf gegangen, wo ich meinen Wagen abgestellt hatte, unverdächtig weit genug von der Erlöserkirche entfernt.

Am frühen Abend war ich wieder zu Hause, immer noch überwältigt vom Zusammensein mit diesem Mann Gottes. Fleischeslust war wirklich das richtige Wort gewesen. Das Foto kam am nächsten Tag, mit UPS: Hab mich gewundert, wie schnell das gegangen ist. Der Pastor musste gute Beziehungen zu einem Fotostudio gehabt haben: Was da in dem riesigen UPS-Umschlag gesteckt hat, war kein billiger Computerprint gewesen, sondern ein perfekter, künstlerisch hochwertiger Hand-Abzug auf bestem Schwarzweiß-Hochglanzpapier, Format 40 x 60! Und das innerhalb von 24 Stunden in Bad Sülze! Natürlich hat man mehr drauf gesehen, als ich gedacht hatte. Meine Beine in dem fahlen Licht, unter dem Talar hat ein Hauch von meinem schwarzen Schamhaar hervorgeblitzt, und die Spitzen meiner Brüste waren unter dem schwarzen Stoff mehr als erkennbar. Ohne jeden Zweifel war das ein wunderschönes Foto, künstlerisch hochwertig. So hatte ich mich noch nie gesehen: meine Losgelöstheit im Blick nach dem Akt, die Komposition des Raumes, wie gemacht für die Fotosession. Und hätte mich der Pastor vorher nicht so vehement gebumst, hätte ich gedacht, er hätte das alles nur für das Foto arrangiert.

In dem Umschlag steckte wieder ein mit Bleistift geschriebener Zettel: Ullrich Forchenbeck hatte mir eine Wiederholung des Ganzen angeboten, am kommenden Sonntag, same time, same station. Ich musste lachen, dabei hab ich mir das Foto sehr lange angesehen: So sinnlich wie der kleine Pastor hatte mich noch keiner fotografiert.

Klar, dass es nicht bei der einmaligen Segnung in der Fischerhütte geblieben ist: Dreimal noch habe ich mich dort mit Forchenbeck getroffen, und es lief immer gleich ab – ohne weitere vorbereitende Predigten gleich ab in des Fischers Hütte, heiße Liebe, ein bisschen reden, eine Zigarette, danach ein Foto und tschüss. Drei Wochen lang hat Ullis Urlaubsvertretung in Prerow gedauert. Waren ja immer nur heimliche Intermezzi gewesen, aber nach den drei Wochen hab ich schon einiges gewusst über ihn. Ullrich Forchenbeck war passionierter Hobbyfotograf und wenn ich ehrlich war, hätten seine Fotos durchaus das Zeug gehabt, irgendwo ausgestellt zu werden. Wenn dadurch nicht jedermann mitbekommen hätte, dass der Pfarrer von Bad Sülze in seiner Freizeit Fotos mit eher unchristlichen Motiven macht. Abgesehen vielleicht vom Talar und den liturgischen Tüchern, die er mir beim zweiten Treffen auf den Brüsten drapiert hatte. Sicher war das alles ein wenig anzüglich und vielleicht auch albern mit der Sakral-Fotografie, aber mal ehrlich: Ein aktfotografierender Evangele war mir allemal lieber als ein katholischer Pater, der den Popos kleiner Jungs die heilige Erstkommunion beschert. Außerdem hat er wirklich gebumst wie der Teufel.

Nach der Zeit der Urlaubsvertretung waren keine Treffen in der Fischerhütte mehr möglich. Das Ding war ja auch ungeheizt. Ullrich Forchenbeck hat mir ein paarmal geschrieben und immer auch ein neues Foto beigelegt. Ein paar Wochen später, es war schon Herbst gewesen, da war Forchenbecks Frau Simone samt der Kinder-Bande eine Woche lang weg, auf einer Rüstzeit irgendwo in Thüringen. Und ich hab mich von Pastor Ullrich überreden lassen, für drei Tage – verlängertes Wochenende mit Brückentag! – nach Bad Sülze zu kommen. Er hat mir da ein Zimmer im Landgasthof »Deutsches Haus« besorgt. Diskretion musste sein: Als Frankenwessi hat ihn die heimische Bevölkerung besonders genau beobachtet. Im »Deutschen Haus« hab ich als harmlose Touristin gewohnt. Und für den eigentlichen Zweck bin ich dann nach Einbruch der Dunkelheit heimlich ins Pfarrhaus von Bad Sülze geschlichen.

Diesmal musste die Dachkammer des Pfarrhauses herhalten. Die zwei kleinen Dachfenster hatte Ullrich Forchenbeck mit schwarzem Brokatstoff zugehängt: Die Chance, dass verdächtige Geräusche nach außen drangen, war hier oben am geringsten. Das war auch gut so, denn wir haben's wieder ordentlich krachen lassen, auf einem kleinen schmalen Holzbett, dort oben in der Pfarrhaus-Dachkammer von Bad Sülze. Hätte fast süchtig werden können nach diesem kompakten Kraftpaket von Prediger.

Forchenbeck ist mindestens so ausgehungert gewesen wie beim ersten Mal, und auch ich hatte mich in der Zwischenzeit auf keine weiteren erotischen Abenteuer eingelassen. Hab öfters an die Sache mit Jens Reimar Brillich denken müssen und der Sturz, der den Schwätzer zum Verstummen gebracht hatte, war mir ein paarmal wie in Slow Motion vorwärts und rückwärts durchs Gewissen gerauscht. Hab mir immer wieder gesagt, dass das im Grunde kein Mord war, sondern allenfalls eine Beihilfe zum Schicksal. Einmal hab ich sogar kurz mit dem Gedanken gespielt, dem Pfarrer von der Sache zu erzählen. Was ich mir davon versprach, war mir selber unklar. Seelischen Beistand? Absolution? Also hab ich diesen dummen Einfall schnell wieder beiseitegeschoben. Mittlerweile war schon Gras über den Redakteur gewachsen und mein einziges Risiko war, irgendwann selbst die Nerven zu verlieren. Dass ich beispielsweise meinem mecklenburgischen Porno-Pastor davon erzählt hätte und der in seiner halbseidenen fränkischen Anständigkeit dann womöglich noch zur Polizei gelaufen wäre.

Wir hatten abgemacht, dass ich das Pfarrhaus vor Sonnenaufgang wieder verlassen musste. Bis dahin waren noch ein paar Stunden Zeit und wir haben einfach geredet, erschöpft von allem. Forchenbeck hat mir von seiner Frau Simone erzählt, die auch Pastorin war, aber momentan keine Pfarrstelle hatte, weil sich die Rezession auch schon bis in die evangelisch-lutherische Landeskirche durchgefressen hatte. Die Kirche in Bad Sülze musste auch dringend renoviert werden, aber es war eben kein Geld da. Am meisten Sorgen machte Ullrich sein Kirchturm, das Geländer oben an der Aussichtsplattform war schon quasi in einem kriminellen Zustand. Und es kam, was kommen musste, irgendwann fing auch Ullrich Forchenbeck an, von seinen Kindern zu erzählen:

»Mir ham'na ja vier Kindla, hadd'na ja der Maddin Ludder scho g'sacht, dass die Kinder des Wichtigste sind. Ach ja, die Anna, der Margguss, die Lissbedd und der Luggass. Die müsstest du amal sehn, Kaddrin!«

Auf Geschichten über Anna, Markus, Lisbeth und Lukas hatte ich wirklich keine Lust. Da war der Geist von Brillich plötzlich im Pfarrhaus von Bad Sülze aufgetaucht, und meine gute Laune hatte einen Kratzer weg, die Leichtigkeit unserer Liaison hatte schlagartig einen Dämpfer bekommen. Um vom Kinderthema wieder wegzukommen, hab ich den Pastor gefragt, ob er von seiner Frau denn auch solche Fotos macht wie von mir. Die Gedanken an seine Kinder waren wie weggeblasen, in seinen Augen hat es regelrecht geglüht vor Lust und Begierde.

»Komm, ich zeich dir amal was. Aber des muss a Geheimnis bleib-na zwisch-na uns!«

In der Dunkelheit ist er mit mir über den Hof rübergeschlichen in ein kleines Nebengebäude aus rotem Backstein, über eine Treppe ging's nach unten in einen muffigen Keller, der mit alten Möbeln vollgestellt war. Forchenbeck hat schnell den Kram beiseitegeschoben, und durch eine alte Luftschutz-Stahltür sind wir in eine Art Gewölbe gekommen. Es hat nach Chemikalien gerochen: Hier unten war also das Allerheiligste meines geilen Pastors – ein perfekt eingerichtetes Fotostudio mit allen Raffinessen. Jetzt war mir klar, wie er das erste Foto so schnell hatte schicken können: Das hatte er hier unten selber in Handarbeit abgezogen. An den Wänden waren meterlange Regale aus Stahl, in denen Unmengen von Fotos untergebracht waren.

»Ich mach' ja die Foddografiererei scho seidd maaner Kindheit. Mei erste Gamera hab ich scho mit 11 g'habt-na!«

Und dann hat er mir seine Fotosammlung gezeigt. Als Erstes hat er eine Schwarzweiß-Serie rausgeholt mit seiner Gattin Simone: Simone war dick, hat nackig vor dem Altar gekniet und sich schamhaft eine Schüssel mit Hostien vor die Muschi gehalten. Fotografisch perfekt, vom Motiv her eher bescheiden. War gespannt, was noch kommen würde. Natürlich die unvermeidlichen Bilder der Kinder, alle ein wenig gedrungen: gut gefütterte und anständige Pastorenkinder.

Aber ich hatte so eine insgeheime Ahnung, dass mein Pastor mehr in seinen Regalen hatte als ein paar harmlose Hinterbacken, die unter einem Talar hervorblitzten.

Erst mal ist's harmlos weitergegangen: ein paar heimlich gemachte Aufnahmen von einem FKK-Strand an der Ostsee. Dabei hat er mir erzählt, wie er als Zwölfjähriger zwei Filme verknipst hat beim Ostseeurlaub am Timmendorfer Strand, mit dem zur Konfirmation geschenkten Teleobjektiv. Durch ein Loch im Bretterzaun zum FKK-Strand hatte er's durchgeschoben, das Geschenk, und draufgehalten. Es war kaum etwas zu sehen außer ein paar nackten Rücken und hier und da der Hauch einer weiblichen Brust. Klar, die FKK-Damen hatten sich natürlich zum Meer hingedreht und nicht mit dem Schritt zum Bretterzaun. Hatte aber doch für einen mittleren Skandal gereicht, denn der kleine Ullrich hatte die Fotos in seiner Klasse rumgezeigt. Im fränkischen Coburg war's schnell Stadtgespräch gewesen, dass der Sohn des Pastors Forchenbeck Nacktfotos macht. Das hat auch mit einem Schlag die Bemühungen von Ullrichs Vaters zunichte gemacht, der konservativen Coburger Gemeinde so etwas wie Gospel-und-Jazz-Gottesdienste näherzubringen.

Ich fand die Timmendorfer Bretterzaun-Fotos eher amüsant, auch wenn sein Vater ihn daraufhin schrecklich verprügelt hatte.

Was dann kam, war schon deftiger. Bilder von jungen Mädchen in Bikinis, aufgenommen bei der Konfirmandenfreizeit vor zwei Jahren, am Strand von Prerow, wo sonst. Hab nicht gewusst, was ich davon halten soll. Immer wieder ist ein rothaariges Mädchen aufgetaucht, für sein Alter schon gut entwickelt: Ullrich Forchenbecks Lieblings-Konfirmandin Jenny Priplow. Und die hat er in einer Ausgiebigkeit fotografiert, als hätt' er sämtliche Teenager-Magazine im Land mit Jennys Bildern beliefern wollen. Und immer wieder Jenny von hinten, immer weiter war ihr dabei das Bikini-Höschen zwischen die Hinterbacken gerutscht. Das war mir irgendwie unangenehm, schließlich war diese Jenny noch ein Kind. Aber Forchenbeck hat einen Abzug nach dem anderen rausgeholt, war fast wie in Trance.

Dann eine Serie, die in der Dämmerung aufgenommen war, Jenny alleine am Strand. Forchenbeck musste seine Hasselblad fast im Sand eingegraben haben, um diese Perspektive von Jennys Hinterbacken hinzubekommen.

»Wie alt ist das Mädchen, Ullrich?«

»Mei, die Jenny Priplow, die is ja heut scho weit über die sechzehn naus-na!«

»Dann war sie damals gerade vierzehn, hm?«

»In dem Aldder iss ja auch die Gonfirmation, da iss ja der junge Mensch b'sonders anmutich, des sicht-ma ja auf die Foddos. Ich habb' die Jenny doch gern-na, da derf-na ma doch auch amal a baar Foddos mach-na!«

Forchenbeck hat noch eine Kiste rausgezogen mit Aufnahmen von Jenny. Der ist dabei richtig in Ekstase geraten. Ich hab stocksteif dagesessen, mir ist richtig die Wut hochgekommen. Forchenbeck hat davon natürlich nichts gemerkt, der war völlig hin und weg mit seinen Fotos. Das war einfach zu viel, was der Kerl mit kleinen Mädchen machte, Schutzbefohlenen noch dazu. Dabei hat er mir erzählt, dass er außer Konfirmationsunterricht auch noch Religionsunterricht gibt, an der Grundschule von Bad Sülze. Und weil dort hauptsächlich alte Ost-Kollegen unterrichten, die sich vielleicht mit Marxismus-Leninismus auskannten, hatte das Direktorium ihn gebeten, in der sechsten Klasse den Sexualkundeunterricht mit zu übernehmen. Ausgerechnet. Und damit wohl den Bock gleich zum Gärtner gemacht! Ich hab nur noch mit halbem Ohr zugehört: Wenn der solche Fotos mit erwachsenen Frauen wie mir macht, war das etwas anderes. Aber mit Halbwüchsigen wie dieser Jenny, das hat mich angewidert.

Auf dem nächsten Foto hat Jenny Priplow auf dem Bauch im Sand gelegen, mit dem Blick auf das Meer. Irgendwie war ihr Bikini-Höschen über dem runden Popo verrutscht, dass schon der spärliche Flaum zu sehen war. Ich habe mich zusammenreißen müssen, habe eine böse Bemerkung runtergeschluckt, die mir auf der Zunge gelegen hat. Aber Forchenbeck hat immer weitergemacht, fast wie im Rausch: Bilder von Jennys nackten Brüsten, von denen Sand gerieselt ist. Und die Serie, von vorne aufgenommen, in der die Vulva der Konfirmandin offen zu sehen war, mit einem aufgeschlagenen kleinen Katechismus auf dem Bauch, wo lesbar »Alle Weg führen zu Gott« gestanden hat, die hätte er mir besser nicht gezeigt.

Ich war stinksauer. Das war einfach widerlich. In meinem Kopf hat's zu rattern begonnen, Mariella Mayer ist mir wieder in den Sinn gekommen. Während der Pastor mir ein Foto nach dem anderen zeigte, schon fast völlig weggetreten, hab ich angefangen, mir im Kopf einen Plan zu machen. Hab wieder mit dem Gedanken gespielt, dem Schicksal nachzuhelfen. Und Ullrich Forchenbecks Schicksal war nun mal die Fotografie.

Die Fotos wurden noch scheußlicher: Das Mädchen war ganz nackt und irgendwelche sakralen Objekte waren noch mit im Spiel. In dem Moment war mir klar, dass diesem heiligen Ullrich sehr bald etwas passieren musste beim Fotografieren, bevor er dazu kam, noch alle Konfirmandinnen im Landkreis Bad Sülze pornografisch zu katalogisieren.

Es war der Pastor selbst, der mir das Nachdenken über seine Entsorgung abnahm. Der hatte sich an den Bildern von Jenny so aufgegeilt, dass er mir den Vorschlag machte, solche Fotos wie von Jenny auch von mir zu machen.

»Weißt-na, Gatthrin, auch mal a Foddo mit am Obb'jekt-la, wenns'd verstehst, was ich mein'!«

Natürlich hab ich verstanden. Nur zu, du geiler Herr Geistlicher! Vor lauter Erregung kaum mehr Herr seiner Sinne, hat er mir auch gleich gesagt, wie er sich das vorstellte. Ich sollte mir ein Kruzifix zwischen meine Beine nehmen, das hätte er schon immer mal machen wollen.

»Da davon hob ich immer scho geträumt-na!«

Das konnte er haben. Und blitzschnell war er da, in meinem Kopf, der teuflische Plan. Es war wie eine spontane Eingebung: Die Schwerkraft musste mir noch mal helfen, wie bei Jens Reimar Brillich. Ich hab vorgeschlagen, wir müssten das Foto oben auf dem Kirchturm machen, und zwar jetzt gleich, mitten in der Nacht. Forchenbeck war begeistert, geradezu angesprungen war er auf diesen Vorschlag. Aber ich war vorsichtig und hab erst mal die Naive gespielt.

»Aber, Ullrich, meinst du denn, das geht bei diesem Licht?«

»Na aber freilich, Gattrin, mir hamm-na doch Halbmond! Da du' ich eb-na a wengerl länger belicht-na! Musst halt scheen ruhich haldd-na!«

In Sekundenschnelle hatte er ein kleines Kruzifix aus Holz herbeigeschafft, ich habe vermutet, dass er etwas in der Art schon geplant hatte. Hintereinander sind wir die engen Stufen zum Kirchturm raufgestiegen. Oben war eine runde Plattform, die rund um den ganzen Turm ging, direkt unter dem ziegelgedeckten Dach des Turms. Als ich das vom Rost befallene Geländer gesehen hab, war mir auf einen Schlag klar, wie mein Plan perfekt funktionieren würde. Ullrich Forchenbeck hat einen Film in seine Hasselblad eingelegt, und ich hab mich nackt ausgezogen. Und zwar direkt vor seinen Augen, schön langsam und lasziv. Er sollte ja keinen Verdacht schöpfen. Naiv wie ein kleines Mädchen hab ich das Kruzifix genommen und es vor meine Vulva gehalten.

»So, Ullrich?«

»Jaa, jaa, Gaddrin, der mecht scho ganz nah dran sein bei dei'm Mäus-la, der Herr Jesus!«

Diese Bemerkung hat dann auch meine letzten Zweifel noch weggeblasen, dass ich vielleicht den Falschen erwischen würde. Ich hab das Kreuz genommen und mir's ganz fest zwischen die Schenkel geklemmt. Ullrich Forchenbeck hat mich angestarrt dabei, hat gekeucht vor Kannsnichterwarten, der Sabber ist ihm aus den Mundwinkeln über sein Doppelkinn gelaufen wie Priele übers Watt bei aufkommender Flut.

Und dann hab ich mir ein Herz genommen und ihm vorgeschlagen, er solle das Ganze von unten aufnehmen, mit dem Kirchturm im Hintergrund. Ich hab gesagt, ich würd's total erotisch finden, wenn man das alles von unten sehen würde.

Damit hatte ich genau ins Schwarze getroffen. Hab gar nicht mehr weiterreden brauchen, mein Muschipriester hat kaum mehr Luft bekommen bei der Vorstellung, wie verdammt säuisch ein mons veneris aus der Frosch-Perspektive aussehen konnte. Noch dazu im Mondlicht, mit dem Kreuz davor.

Nackt hab ich mich an den Biberschwanzziegeln des Turmdachs nach oben gehangelt, hab' mit der Hand Halt in einem Leitereisen gefunden, das da im Dach eingelassen war. Und hab ihm den entscheidenden Vorschlag gemacht, er sollte doch auf das Geländer steigen. Das wäre gar nicht nötig gewesen, das hatte er sowieso schon vorgehabt. Forchenbeck hat sich mit seinem runden Hintern auf das rostige Geländer gesetzt, in der rechten Hand die Hasselblad, und hat sich mit der linken Hand am Geländer festgehalten. Ich hab gewusst, das musste jetzt alles sehr schnell gehen, bevor er das erste Foto gemacht hat, sonst würde man mich auf dem Film womöglich erkennen. Forchenbeck musste noch mal die Schärfe nachstellen, er war ja fast schon paralysiert von dem, was er dort über sich gesehen hat, unter dem Mondhimmel über dem Kirchturm. Mit der linken Hand hat er an das Objektiv gelangt, schön vorsichtig, damit er das Gleichgewicht nicht verliert.

Das war genau mein Moment. Es war nur ein kleiner Stoß mit dem rechten Fuß, als hätt' ich ihn kurz ausstrecken wollen, um einen Krampf zu vermeiden. Mit der Ferse hab' ich Forchenbeck auf Höhe des Brustbeins erwischt. Sanft nur, aber das hatte gereicht. Das marode Geländer hatte unverzüglich nachgegeben, der Pfarrer war sofort gefallen, die Hasselblad in der rechten Hand festgeklammert. Ich hab gehört, wie er unten auf die Mülltonnen aufgeschlagen ist.

Vorsichtig bin ich vom Dach geklettert, habe mich angezogen und bin vom Turm gestiegen. Unten zwischen den Mülltonnen hat er gelegen, mausetot, aber die Hasselblad noch in der Hand. Ich hab' ihn so liegen lassen: Jeder würde denken, er wär' bei seiner geliebten Fotografiererei nächtens vom Kirchturm gefallen. Hab das Kruzifix in eine der Mülltonnen geworfen, bin rübergeschlichen ins »Deutsche Haus« und am nächsten Morgen sehr früh abgereist. »Gut gemacht!«, hab ich während der Fahrt nach Hause gedacht. Mariella Mayer wäre stolz auf mich gewesen.

KAPITEL V

Ich stehe an der Empfangstheke und bin ratlos. Auf der Marmorplatte liegt Achims Aktentasche: Am liebsten würde ich einfach reingucken, was dieser komische Herr Achim ständig mit sich herumschleppt. So harmlos, wie er sich gibt, kann er gar nicht sein: Da muss doch mehr dahinterstecken. Hoffe ich zumindest.

Seit fünf Minuten ist er jetzt weg, auf der Toilette vermutlich: Jens R. Brillich lässt grüßen. In den hohen Altbauräumen ist es dunkel, von draußen scheint das Licht der Straßenlaternen herein, aber selbst ein Blinder würde mitkriegen, dass das hier eine Zahnarztpraxis ist, schon allein wegen des Geruchs. Ganz kurz überlege ich, ob es nicht vielleicht doch besser wäre, einfach auf der Stelle zu verschwinden und mit dem angebrochenen Abend noch etwas Sinnvolles anzufangen. Aber ich muss zugeben: Der ganze Mist, der bis jetzt abgelaufen ist, macht mich doch neugierig, was da noch alles kommen soll – so viel Unfug auf einmal habe ich in letzter Zeit kaum erlebt.

Plötzlich steht Achim neben mir, mit frischem Atem, wahrscheinlich hat er schnell noch die Zähne geputzt. Tun ja viele Leute gern, in einer Zahnarztpraxis. Und umgezogen hat er sich, steht im weißen Arztkittel neben mir, der ihm leider eine Nummer zu groß ist, mindestens. Drunter hat er, soweit ich das in dem Halbdunkel hier erkennen kann, nur eine schwarze Unterhose, mittlere Preisklasse, schätze ich mal. Seine Füße sind nackt, stecken in Gummilatschen: Wenigstens trägt er keine braunen Herrensocken.

Achim langt in seine Aktentasche und holt eine Papiertüte heraus, die er mir vor die Nase hält.

»Ich würde Sie bitten, das überzuziehen. Was Sie drunter anbehalten möchten, ist Ihre Entscheidung. Ich erwarte Sie dann in fünf Minuten im Behandlungszimmer drei. Das ist rechts den Gang entlang, und dann die dritte Tür links. Aber es steht auch angeschrieben. Und machen Sie bitte kein Licht, das würde alles …«

»Ja?«

»Ja.«

Er nimmt seine Aktentasche und verschwindet wieder. Ich gucke in das Paket: Ein frisch gewaschener und gebügelter Schwesternkittel ist drin. Ich muss grinsen: Dass der komische Achim jetzt mit mir eine harte Klinik-Sex-Nummer abziehen will, kann ich mir eigentlich nicht so recht vorstellen. Und wenn, dann hätte er mich wohl eher in eine chirurgische oder gynäkologische Praxis verschleppt.

Ich ziehe schnell das Kleid aus und streife mir den Schwesternkittel über. Er passt haargenau. Den Wollfjord-Body, das sündteure Stück, lass ich an: Ich glaub' nicht, dass der Knallkopp von Achim mir den zerreißt. Ich gehe die paar Schritte den Gang entlang und mache vorsichtig die Tür zum Behandlungszimmer drei auf. In dem kleinen Raum brennen Kerzen, in der Mitte steht eine nagelneue Behandlungsliege, eine Siemens »Opti-dent«. Ein Luxusmodell, können sich nur Zahnärzte leisten, die genug Privatpatienten in der Kartei haben. Ansonsten ein ganz normales Behandlungszimmer, mit den Kerzen jedoch hat's einen Hauch von – wie soll ich sagen? – sakraler Geheimniskrämerei. Achim hat ein weißes

Hygienehäubchen auf und sich Einmal-Handschuhe aus Latex übergestreift. Ich muss mich beherrschen, nicht gleich laut loszulachen. Zumal Achim mit derart todernster Miene dreinschaut, als stünden mindestens drei Wurzelbehandlungen auf einmal an. Er kommt ganz dicht an mich ran, streicht mir sanft mit den Fingern an den Nähten des Schwesternkittels entlang, berührt ganz leicht mein Haar und haucht mir ins Ohr:

»Na, wo tut's meiner kleinen Stute denn weh, hm?«

Ich denke, ich habe mich verhört.

»Achim, bitte, was soll das jetzt?«

»Entschuldigen Sie, Schwester. Dann nehmen Sie bitte Platz.«

Er deutet mit der Hand auf die Behandlungsliege. Noch mal muss ich den spontanen Drang beiseiteschieben, nicht auf der Stelle laut loszulachen. Ich streiche mir den Kittel über dem Hintern glatt und setze mich auf den kalten Kunststoff.

»Sie müssen sich schon ganz hinlegen, Schwester!«

Ich bin wirklich gespannt, was mein Achim hier für einen Bockmist abzuziehen gedenkt.

»Keine Angst, Schwester, ich werde Ihnen nicht weh tun.«

Der soll lieber aufpassen, dass ich ihm nicht weh tue!

Achim nimmt die Fernbedienung, mit der sich die Stellung der Behandlungsliege verändern lässt. Ich merke sofort, dass er den Schalter für das Fußteil erwischt hat, im nächsten Moment fährt die Liege nach oben, allerdings nur mit dem Fußteil. Jetzt hänge ich mit dem Kopf nach unten, während meine Beine steil nach oben zeigen. Ich muss mich mit beiden Händen festhalten, um nicht kopfüber rückwärts von der Liege zu rutschen.

»Den anderen Knopf, Doktor!«

»Lassen Sie mich das nur machen, Schwester!«

Wieder drückt er einen Knopf, aber nun fährt auch das Kopfteil der Liege nach oben und ich befinde mich zwar wieder in waagrechter Lage, jedoch in etwa ein Meter vierzig Höhe. Wahrscheinlich zu hoch für das, was auch immer dieser Achim mit mir vorhat.

»Moment bitte.«

Jetzt drückt er wie wild auf den Knöpfen rum, und ich sause mitsamt der Liege in Sekundenbruchteilen auf eine Höhe von ca. 30 Zentimetern runter. Grade noch rechtzeitig kann ich mein Becken anheben, um mir nicht noch das Steißbein beim Aufprall am unteren Totpunkt zu verstauchen.

»Wenn Sie gesagt hätten, was Sie mit mir vorhaben, hätte ich mich angeschnallt und mir einen Fallschirm umgebunden!«

»Es tut mir leid, Schwester Kathi!«

»Schwester Kathi!« Das fehlt gerade noch, dass der Dussel mich »Schwester Kathi« nennt. Na gut, lass ich ihn mal machen. Und Achim macht: Sofort korrigiert er die Stellung wieder, aber nun schnellt das Kopfteil nach oben, dass ich jetzt fast senkrecht stehe und mich mit Armen und Beinen abstützen muss, um nicht auf dem Parkettboden von Behandlungszimmer drei zu landen.

Zwar kriegt mein verhinderter Verführer das Fußteil relativ rasch wieder nach oben und mich damit in eine relativ horizontale Lage, aber anstatt damit zufrieden zu sein, fummelt der Unglückswurm weiter an den Knöpfen herum. Die Liege fängt an, um die Längsachse rotieren, zuerst nach links, dann nach rechts. Klar, das ist das Spitzenmodell der Siemens-Dentaltechnik, das diese Funktion hat, für komplizierte Kieferoperationen. Ich kann mich grade noch festhalten, um nicht seitlich runterzufallen, der Schwesternkittel rutscht auf der Kunststoffliege wie Hölle. Achim drückt in seiner Verzweiflung einfach alle Knöpfe, und die Liege fängt an, um alle Achsen zu rotieren: »Rollen, Gieren und Stampfen« nennt man das in der Schifffahrt. Und alles mit diesem permanenten Surren, Quietschen und Pfeifen der mechanischen und hydraulischen Bauteile.

»Stellen Sie endlich das blöde Ding ab, Achim!«

»Ganz ruhig, Schwester Kathi, ganz ruhig. Ich bin ja bei Ihnen!«

Schließlich findet er den roten Knopf, und die Bewegung der Liege stoppt auf einen Schlag. Wie durch ein Wunder bleibe ich mit der Liege in der Waagrechten stehen, noch dazu auf einer optimalen Behandlungshöhe von 70 Zentimetern.

Endlich Ruhe, ich höre mich atmen, sonst nichts. Eine absurde Lautlosigkeit, die durch das Flackern der Kerzen noch irrsinniger wirkt.

Achim steht regungslos neben der Liege, aber ich spüre, dass er jetzt etwas ganz Ausgekochtes vorhaben muss. Soll ich Angst haben? Vielleicht ist das wirklich ein Irrer, der gleich ein Messer herausholt und mir was antut. Quatsch, der nicht. Aber irgendwas geht vor mit mir: Diese Ungewissheit, die Idiotie der ganzen Situation erregt mich auf eine ganz merkwürdige Art. So wie ich als kleines Kind immer die Schenkel ganz fest zusammengepresst habe, wenn's dunkel geworden ist im Haus und gleich der Weihnachtsmann kommen sollte.

Ich sehe, wie Achim sich mit ganz langsamen Bewegung einen Mundschutz überstreift: Hat er jetzt auch noch Schiss vor der Schweinegrippe, mein Wilmersdorfer Wolf? Schrittweise kommt er näher, ganz langsam, fast wie ein Scharfrichter. Er sieht mich an, ach was: Er starrt mir in die Augen und hinter diesen Augen lauert die nackte Gier und wieder presse ich meine Schenkel zusammen. Versuche, meinen Atem, der jetzt immer schneller geht, unter Kontrolle zu halten.

Ich möchte es kaum glauben, aber ich spüre, wie ich trotz der ganzen Fummelei ein wenig rollig werde.

»Nun fangen Sie schon an, Doktor!«

Achim nickt, kaum merklich, nimmt seine Hände und fährt mir mit den Gummihandschuhen unendlich vorsichtig über den Schwesternkittel, als wollte er die Konturen meines Körpers abtasten. Gut, soll er weitermachen. Das turnt mich an, muss ich leider zugeben. Er geht so behutsam vor, dass ich die Berührungen mehr ahne als spüre. Kommt gut. Und macht mich, profan gesagt, nun doch ganz schön geil. Na also. Noch einmal flimmern Achims schlanke Latex-Hände über meinen Schwesternkittel, dann halten sie für einen Moment lang inne.

»Sie müssen jetzt tapfer sein, Schwester.«

»Tun Sie, was Sie tun müssen, Doktor.«

Vorsichtig nähern sich Achims Finger dem obersten Knopf meines Kittels. Er zögert kurz, und zack: Mit einem fast schon chirurgischen Griff hat er den Knopf geöffnet. Gekonnt. Verharrt wieder einen Moment und wagt sich vor zum nächsten. Bald hat er die gesamte Knopfleiste geöffnet – immerhin elf Knöpfe! – und schlägt nun sanft erst die rechte, dann die linke Hälfte des Kittels zur Seite. Ich liege da mit meinem schwarzen Einteiler unter dem weißen Kittel, ich muss aussehen wie ein Schwarzweiß-Gemälde im Kerzenlicht. Oder wie ein Foto aus der Hand meines abgestürzten Pastors. Meine Brust hebt und senkt sich schon in deutlichen

Bewegungen; ich kann meine Erregung kaum mehr verbergen. Und das nach all diesem Mist! Ich frage mich allen Ernstes, was da in mir vorgeht.

»Sie haben den Körper einer Göttin, Schwester!«

Der soll sich jetzt mal bloß nicht um Kopf und Kragen reden wie der blöde Jens R. Brillich! Ich mache einfach die Augen zu. Und höre ihn fummeln. Was macht er denn jetzt wieder? Ich schiele kurz rüber zu ihm.

Ich sehe, wie er die kleine Druckluftpistole nimmt, mit der man bei der Behandlung die Mundhöhle freipustet. Sachte kommt er mit der Düse an meinen Hals ran, in gekonnter Dosierung lässt er mir den Luftstrom am Hals entlangstreichen, bis hinters rechte Ohr. Huhh, das tut gut. Wundert mich, dass ich da nicht selber schon draufgekommen bin. Achim nimmt sich die linke Seite von meinem Hals vor, erhöht den Druck ein ganz kleines bisschen. Das macht er richtig gut. Mir kommt ein kleiner Laut der Erregung aus. Klar, der hat längst mitgekriegt, dass mich seine Pusterei ganz wild macht. Jetzt streicht er mit der Düse über meine Brüste, die ja immer noch im Body stecken. Aber die Spitzen werden hart, ich bin sicher, dass er sie sehen kann unter dem dünnen Stoff. Kann er, denn er zieht mir den Body ein wenig zur Seite und lässt die Luft direkt über meine Nippel sausen. Hey, das tut wirklich gut. Als könnte er meine Gedanken lesen, wagt er sich weiter vor, nach unten. Lässt den Luftstrom über meinen Bauch fließen, über den Nabel und wagt sich schließlich vor bis zu meinem Dreieck. Ich zittere vor Lust und Erwartung. Ich muss zugeben, dass dieser Achim doch ein ganz ausgekochter Hund ist mit seiner Pressluft-Zeremonie. Ich öffne meine Beine ein wenig und als der Luftzug nun wie ein kleiner Orkan über mein Delta hinwegfegt, da wird aus meinem wohligen Stöhnen schon ein kleiner Schrei der Lust. Ich merke, dass er weitermachen will, aber der Wollfjord-Body ist im Weg. Aus dem Augenwinkel sehe ich, dass er die drei Druckknöpfe, die den Body im Schritt zusammenhalten, mit der linken Hand alleine nicht aufkriegt. Er stellt die Pustepistole für einen Moment zurück in die Verankerung und macht die drei Druckknöpfe behutsam mit seinen Fingern auf. Ich ahne, wie er mich anstarrt da unten. Sein Atem kommt in Stößen. Und mein feuchtes loderndes Feuerland zwischen meinen Schenkeln sehnt sich jetzt nach einer erlösenden Bö aus der Düse. Mindestens! Ich sehe, wie er neben sich greift, um die Druckluftpistole wieder in die Finger zu kriegen.

Was macht er denn jetzt?! In seiner Erregung erwischt er beim blinden Griff nach der Druckluft diesmal den Bohrer! »Vorsicht! Das ist der Falsche!«, will ich noch rufen, aber zu spät. Der Bohrer in seiner Rechten hat die linke Hand, mit der er meinen Body zur Seite hält, schon erwischt. Blitzschnell frisst sich der mit ca. 18 000 Umdrehungen rotierende Bohrkopf in das Gummi seines Latexhandschuhs, zwirbelt es auf wie den Antrieb eines Gummimotors und bohrt sich schließlich durch die Haut ein kleines Stück weit in seine linke Hand. Mit einem Ruck reißt Achim den Bohrer nebst den mitrotierenden Gummifetzen von seiner Hand los und lässt ihn zu Boden fallen, wo er mit Maximaldrehzahl weitersurrt und unter der Behandlungsliege eine Art Veitstanz aufführt. Der Idiot! Ich richte mich wieder auf und sehe, wie unter den Resten von Achims Gummihandschuh ein wenig Blut hervortröpfelt. Ich knöpfe mir den Kittel schnell zu, hebe den Bohrer vom Boden auf und stelle ihn zurück in die Verankerung.

»Ich hole Ihnen ein Pflaster.«

»Danke, Schwester Kathi. Es ist gar nicht schlimm.«

Schlimm genug! Jetzt hat er zum ersten Mal an diesem Abend etwas zustande gebracht, was mir Spaß gemacht hat, richtig Spaß sogar, und dann kurz vor dem Höhepunkt versaut der Tölpel alles wieder! Gut, wenn zwei sich wirklich lieben und am Schluss einer Nummer einmal nicht kommen, dann ist das eben so. Aber wenn man sich mit einem Fremden trifft, aus dem einen und einzigen Grund, dann sollte es schon sein, dass man es auch zu Ende bringt. Und dann immer noch oben drauf dieses idiotische »Schwester Kathi«!

Achim hat sich auf den Behandlungsstuhl gelegt, ich sitze neben ihm und klebe ihm ein kleines Pflaster auf die Wunde. Ist kaum der Rede wert, für das Gewese, das der Bohrer da vollführt hat.

»Danke, Schwester. Es tut gar nicht weh. Tut mir leid, dass das alles so enden musste.«

»Schon gut.«

»Ich muss nachher nur den Bohrer noch saubermachen.«

»Besser wär's, ja.«

Achim richtet sich wieder auf, der Schreck war wohl das Schlimmste.

»Schade, Kathrin. Es hatte so schön angefangen.«

»Von dem Stuhl mal abgesehen, ja. Sagen Sie mir nur mal: Warum machen Sie so was?«

»Das mit dem Bohrer?«

»Nein, überhaupt. Das hier mit dieser Praxis und den Kitteln …«

»Na ja. Meine Güte, ich hab das mal in so einem erotischen Film nachts auf RTL II gesehen, wie da ein Zahnarzt seiner Helferin beigekommen ist, und da habe ich mir gedacht, das würde ich selber gern mal machen. Und weil ich kein Zahnarzt bin, habe ich mir die Schlüssel zu dieser Praxis organisiert. Völlig legal, übrigens.«

»Was anderes hätte ich Ihnen auch nicht zugetraut.«

»Nein?«

»Nein.«

»Wie gesagt: Es tut mir leid. Und es ist auch alles nicht so schlimm. Und jetzt kucken Sie doch bitte nicht so traurig. Es ist doch nichts passiert.«

»Nein.«

Immerhin merkt er, dass ich verstimmt bin.

»Aber Sie haben doch was, Schwester Kathi. Das merke ich doch.«

»Ja? Sie merken was? Schön. Dann sage ich Ihnen mal was: Ich bin Zahnärztin. Ich kenne die Praxis, ich kenne den Kollegen.«

Jetzt guckt er, der Herr Achim, und schluckt.

»Ach du meine Güte. Wie peinlich. Tut mir wirklich leid, Schwester.«

»Jetzt hören Sie wenigstens auf, mich andauernd ›Schwester‹ zu nennen!«

»Entschuldigen Sie bitte, Frau Doktor.«

Mein Blick trifft ihn voll breitseits.

»Kathrin, meine ich natürlich. Wenn Sie möchten, fahre ich Sie jetzt nach Hause. Ich räume nur noch schnell auf.«

Er zieht sich den albernen Kittel wieder aus und fängt an, das kleine Behandlungszimmer aufzuräumen, in seiner schwarzen Unterhose. In meinem Hirn rumort es: Eigentlich hätte so einer es schon am ersten Abend verdient. Wegen Vortäuschung falscher Tatsachen – »tabuloser Hengst« – in Tateinheit mit erotischer Unfähigkeit – »hemmungslose Sauereien«.

Natürlich spinne ich nur so herum, nur zum Spaß, ob mir nicht jetzt schon etwas Geeignetes für diesen Achim einfällt.

Etwas, was auch Mariella Mayer gefallen würde. Nur für den Fall. Aber nicht hier, in der Praxis eines Kollegen. Das würde grade noch fehlen.

»Zu mir oder zu Ihnen?«

Ich schrecke aus meinen Gedanken hoch.

»Wie bitte? Ich dachte, Sie wollten mich nach Hause fahren.«

»Darum frage ich ja: Zu mir oder zu Ihnen?«

Das habe ich nicht erwartet, dass Achim noch eine Offensive startet. Nach diesem Fiasko, habe ich gedacht, ist er am Ende. Aber offenbar hat er noch etwas vorbereitet. Irgendetwas treibt mich, mir noch eine Überraschung anzutun: wenn es nicht Geilheit ist, so doch wenigstens Neugierde. Irgendwas ist dran an diesem Kerl, was ich noch nicht greifen kann.

»Zu Ihnen, Achim.«

Die Wohnung, in der einer wie Achim lebt, muss ich einfach noch sehen. Aber danach ist Schluss.

»Setzen Sie sich doch, Kathi. Ich mache uns schnell einen Expresso.«

»Achim, es heißt ›Espresso‹, mit ›s‹, wissen Sie!«

Kaum gesagt, hätte ich mir am liebsten selber auf die Zunge gebissen. Ich mag mich selber nicht, wenn ich so neunmalklug daherrede. Wenn Achim »Expresso« sagen will, dann soll er eben. Man kann nicht an einem Erwachsenen herumerziehen wie an einem Fünfjährigen. Obwohl wahrscheinlich heute fast jeder Fünfjährige weiß, dass es »Espresso« heißt und nicht »Expresso«. Egal.

Die Küche ist klein, aber sie hat Charme und Geschmack, ohne protzig daherzukommen. Die Jugendstil-Fliesen auf dem Boden und über der Spüle sind echt, das ist kein nachgemachtes Baumarkt- oder Fliesenland-Feinsteinzeug. Wahrscheinlich hat der gute Achim wochenlang daran herumgeschrubbt, um sie in diesen Zustand zu bringen. An der dem Fenster gegenüberliegenden Wand steht eine kleine Küchenzeile, die aussieht wie vom Schreiner gemacht. Okay, nordische Kiefer, aber wenigstens kein IKEA-Normteil. Und schön eingepasst in die verwinkelten Altbau-Gegebenheiten.Könnte teuer gewesen sein. Dazu ein großer Kühlschrank, edle Töpfe, die an einer Stange über dem Gasherd hängen: Wahrscheinlich kocht Achim gern. Das kleine Tischchen, das vor dem Fenster zum Hinterhof steht, ist auch alt, aber perfekt restauriert. Dazu zwei alte Holzstühle, abgebeizt, neu gepolstert. Auf dem Tisch eine kleine Tischdecke mit einer Vase, in der eine einzelne gelbe Rose steht, die farblich zu den gelb-grünen Kacheln passt, die in einer Art Borte auf Brusthöhe um den ganzen Raum laufen. An der Decke eine alte Jugendstil-Lampe, die warmes Licht macht. An den Wänden keine Tapeten, sondern Putz, eingefärbt in einem leichten Zitronengelb, passend zu der Bordüre. In einfachen Wechselbildträgern hängen ein paar architektonische Zeichnungen, Bauhaus-Ecke. Also: Stil und ästhetisches Empfinden hat er durchaus, der Achim, das muss ich ihm lassen.

Passt alles, bis auf das blöde »Expresso«. Aber es sind ja immer die Details, die alles so schwer machen. Achim nimmt eine Espresso-Kanne von Alessi – wahrscheinlich sagt der dazu auch »Alexi« –, ein Edel-Modell, das es nur in Designer-Läden gibt. Er füllt Espresso-Pulver ein – Lavazza-Rot, auch gut! – und stellt die Kanne auf den Gasherd.

»Wissen Sie, Kathrin, der Trick ist ja, dass man einen kleinen Hauch Kakao-Pulver dazugibt, wissen Sie? Nur eine Messerspitze voll.«

Hoffentlich erklärt er mir jetzt nicht auch noch, wie so eine Espresso-Kanne funktioniert.

»Schön haben Sie's hier, Achim.«

»Finden Sie?«

»Schon.«

Die Alessi-Kanne blubbert, Achim nimmt sie von der Herdplatte, gießt zwei kleine Tässchen ein.

»Man schmeckt es gar nicht richtig. Man spürt es nur. Wenn man den Kakao schmeckt, dann ist es zu viel. Nur einen Hauch. Es sind ja oft die Kleinigkeiten im Leben, die den Kitzel ausmachen, wenn Sie verstehen, was ich meine, Kathi.«

Ja, das verstehe ich: die Kleinigkeiten, die den Kitzel ausmachen. Oder den Horror. Wenn er nur nicht ständig »Expresso« und »Schwester Kathi« sagen würde. Ich versuche, das blöde Wort aus meinem Kopf rauszubringen, was aber nicht so leicht ist, wenn man mit jemandem in der Küche sitzt, den man kaum kennt, und Espresso trinkt. Noch dazu nach dem Mist in der Praxis am Landwehrkanal. Die Fahrt hier herüber nach Wilmersdorf in die Xantener Straße ist bemerkenswert reibungslos verlaufen. Mit offenem Verdeck zwar, bei dem Wind, aber wenigstens hat es nicht wieder geregnet.

»Ja, Kathrin, das tut mir noch mal leid mit dem Behandlungsstuhl, gerade für Sie als Zahnärztin muss das ja …«

»Nun reden Sie nicht auch noch drüber! Ist gut, Schwamm drüber, vergessen.«

»Danke. Die Praxis ist ja so weit auch wieder sauber.«

»Hoffentlich. Ich müsste ja vor Scham in den Erdboden versinken, wenn ich den Kollegen das nächste Mal treffe.«

»Das verstehe ich. Grappa?«

»Bitte?«

»Eine Grappa zum Expresso?«

»Die Grappa?«

»Ja sicher. Sonst würde es ja ›Grappo‹ heißen. Der ›Grappo‹ und die ›Grappa‹. Die ›Grappa‹ ist weiblich, und das Weibliche ist …«

»Ja, von mir aus.«

Achim holt eine Grappa-Flasche hervor, gießt mir einen Schluck in meine Espresso-Tasse.

»Gut so?«

»Ja, danke. Und Sie?«

»Danke, ich nicht, Ich muss ja noch fahren heute.«

»Fahren? Wohin wollen Sie denn heute noch groß fahren?«

»Das ist … sagen wir mal … eine Überraschung.«

Ich muss grinsen. Quatsch: Ich bin kurz vor einem Lachanfall.

»Noch so ein Programmpunkt? Sie müssen ja die ganze Nacht durchgeplant haben, Achim.«

»Wissen Sie, Kathi, einen Programmpunkt streichen kann man immer. Flexibilität. Das ist das Zauberwort dieser Tage.«

Das muss einer wie der sagen. Schon wieder muss ich einen Lachanfall unterdrücken. Eigentlich komme ich ja auf meine Kosten: Wenn das Ganze auch nicht sonderlich erotisch ist, von »grenzenlosen Sauereien« gar nicht zu sprechen, unterhaltsam ist's allemal.

»Wissen Sie, Kathrin, ich habe das Gefühl, ich kenne Sie schon ganz gut allmählich.«

Warum sagt er jetzt »Kathrin«? Ganz so blöd ist er wohl doch nicht. Sieht mir in die Augen, ich erwidere den Blick. Was jetzt? Er nimmt meine Hand, schöne Hände hat er ja. Hände und Augen sind ganz wichtig für mich. Aber wie ich so dasitze, Händchen halte mit diesem verklemmten Achim, wo das alles als grenzenlose Sauerei geplant war und nicht als Turtelei bei einer Tasse »Expresso« mit »einer« Grappa, da kommt mir das alles ungeheuer albern vor. Ich muss kichern. Und aufpassen, dass er nicht sauer wird und mich rausschmeißt, dann wäre der Spaß vorbei.

Von wegen: Er fängt auch an zu kichern. Jetzt sitzen wir beide da, halten Händchen und kichern beim Espresso, wie zwei kleine Mädchen. So einfach kann es manchmal sein.

»Gut, Kathrin, ich würde sagen, dann lasse ich uns mal Wasser ein.«

»Bitte?«

»Ich schlage vor, wir nehmen jetzt ein Bad. Wir beide zusammen. Das kann sehr erotisch sein. Ich habe alles vorbereitet.«

Ich mache meine Hand los.

»Verstehen Sie das jetzt nicht falsch, bitte, aber ich glaube, ich möchte jetzt nicht mit Ihnen in die Badewanne. Vielleicht später.«

»Verstehe. Alles kann, nichts muss. Das ist ja das Motto heute Abend.«

Schon macht er wieder alles kaputt. »Alles kann, nichts muss« ist der absolut blödeste Spruch, der in den Sex-Foren im Internet herumwuchert wie sprachliches Unkraut. Achim stellt die Alessi-Kanne wieder auf den Herd und fängt an, den Tisch mit einem kleinen Besen abzukehren.

»Was machen Sie da? Espresso krümelt doch nicht, oder?«

»Entschuldigen Sie, Kathi. Reine Gewohnheit.«

Wenigstens ist er sauber. Gut zu wissen, wenn man so was vorhat wie heute.

Achim wäscht über der Spüle die Espresso-Kanne ab. Penibel entfernt er jeden Rest von Kaffeepulver, trocknet die

Einzelteile der Kanne ab und stellt sie wieder an ihren Platz, von dem er sie genommen hatte. Ohne mich zu fragen, ob ich vielleicht noch einen Schluck möchte, räumt er auch die Grappa-Flasche wieder auf. So langsam bringt der Kerl mich aus dem Konzept. Wenn ich überhaupt eines hätte. Ich fühle mich wie Gummi, müde und verschwitzt.

»Sagen Sie mal, Achim, Ihr Angebot von vorhin …«

»Welches Angebot?«

»Na, das mit dem Badezimmer. Ich würde doch noch gern kurz duschen, bevor wir …«

Er sieht mich entsetzt an, als hätte ich angekündigt, ich würde gleich drei Eimer schwarze Farbe auf seine samtgelben Küchenwände schmieren.

»Duschen? Jetzt, hier?«

»Ja, duschen. Ganz kurz. Alleine, wenn's ginge.«

»Aber duschen geht nicht. Das tut mir leid.«

Ich muss mich verhört haben. Zum wievielten Mal eigentlich schon heute Abend?

»Duschen geht nicht. Aha. Aber, Achim, Sie haben doch eben selbst vorgeschlagen, ein Bad zu nehmen.«

»Ich kann Ihnen gerne ein Bad einlassen. Soll ich?«

»Nein, Sie sollen mir kein Bad einlassen. Ich möchte nur kurz duschen.«

»Duschen geht aber nicht. Das ist ausdrücklich untersagt.«

»Untersagt? Von wem? Von Ihrer seligen Frau Mutter, oder von wem?«

Kaum gesagt, könnte ich mich schon ohrfeigen dafür. Aber meine Nerven sind dünn, nach dem, was er mir an diesem Abend schon alles aufgetischt hat. Ich wollte hier keine »lange Nacht der Neurosen« erleben, sondern einfach eine geile Nummer schieben. Da muss einem doch mal was herausrutschen, wenn der mir die »Nacht meines Lebens« verspricht, nur Bockmist abzieht und dann auch noch ohne rot zu werden behauptet, es sei untersagt, im Badezimmer zu duschen. Wer sollte denn so etwas untersagen?

»Der Vermieter. Tut mir leid. Ich habe das unterschrieben.«

Er geht nach nebenan, kommt Sekunden später mit einem DIN-A4-Ordner zurück, hält mir den Mietvertrag vor die Nase, in einer Klarsichthülle.

»Hier, da steht es, auf Seite 2, Ziffer 4.2.5: Bad mit Toilette. Bitte die Seiten in den Hüllen lassen.«

Ich schaue kurz auf das Papier, mehr pro forma, als mir den Mist wirklich durchzulesen.

»Ja, und?«

»Na ja, eben B a d! Mir wurde seitens des Vermieters erklärt, dass durch die Bezeichnung ›Bad‹ Duschvorgänge prinzipiell untersagt sind. Weil Spritzwasser an den Wänden aufprallen, in die Verfugungsritzen der Kacheln eindringen und sich als Folge dieses eingedrungenen Spritzwassers die Kacheln von den Wänden und damit von der Mietsache ablösen könnten. Also nur Sitzbäder. Sonst würde es ja heißen: Duschbad mit Toilette.«

Der hat einen Knall.

»Gut, dann dusche ich nicht. Ich nehme ja an, Sie halten sich an diese Klausel.«

»Was soll ich machen? Ich habe es schließlich unterschrieben.«

Ich kann nicht so recht glauben, was ich hier gerade erlebe. Vor allem auf eine derartige Anzeige hin. Er heftet den Mietvertrag akribisch wieder in den Leitz-Ordner und setzt sich an den Küchentisch.

»Ich habe die Wohnung ja weitgehend selbst gestaltet, nur das Bad habe ich bereits saniert übernommen. Und da war der Vermieter nicht zu Kompromissen bereit. Wahrscheinlich hat er bei Sanitär-Installationen schlechte Erfahrungen gemacht. Da wird ja auch viel gemurkst, das kann ich Ihnen sagen! Insbesondere beim Gewerk ›Sanitär‹. Schlimm.«

Ich bin mir nicht sicher, ob dieser Achim mich nicht doch verarscht. Vielleicht ist das ein ganz Hinterhältiger, der mir den Trottel nur vorspielt, um dann … Um dann was? Mich umzubringen, mich einfach abzustechen? Mich zu fotografieren wie der Pastor? Oder mich einzusperren in seinem Badezimmer mit Duschverbot und mich wochenlang gefesselt in der Wanne liegen zu lassen? Was will dieser Kerl, verdammt noch mal!?

»Das können Sie gar nicht verstehen, dass sich jemand gebunden fühlt an das, was er im Mietvertrag unterschrieben hat.«

»Das ist mir doch egal, was Sie mit Ihrem blöden Mietvertrag machen!«

In meiner Wut stoße ich versehentlich mit dem Ellbogen an den Tisch, die kleine Blumenvase mit der gelben Rose fällt um. Auch das noch.

»Entschuldigung, das tut mir leid. Wollte ich nicht. Das mit Ihrer Mutter auch nicht. Tut mir beides leid, Mutter und Vase.«

Achim lächelt mich an.

»Schon gut. Wissen Sie was, Kathrin: Gehen Sie ins Bad und duschen Sie einfach. Ich nehme das auf meine Kappe.«

»Jetzt will ich nicht mehr.«

Er schiebt das Tischtuch samt der zerbrochenen Vase zur Seite, die Scherben fallen auf den Fußboden. Er legt seine Hand vorsichtig auf meine. Und sieht mich an wie ein kleiner Schuljunge.

»Ich bin Ihnen zu sanft, nicht wahr? Sie hätten lieber einen, der's richtig krachen lässt.«

»Ja, vielleicht wär' mir heute ein Hauch von Macho lieber gewesen. Zumindest nach dem, was Sie in Ihrem Angebot geschrieben haben!«

Er stützt den Kopf auf die Hände und starrt vor sich auf den Tisch. War vielleicht doch ein bisschen gemein, die letzte Bemerkung.

»Tut mir leid. Hätt' ich nicht sagen sollen.«

Er nickt nur stumm mit dem Kopf.

Also, es gibt zwei Möglichkeiten: Mir sofort ein Taxi zu rufen und alles so schnell wie möglich zu vergessen. Oder Achim ein bisschen zu trösten und aus reiner Neugierde zu sehen, wohin so etwas wie der heutige Abend noch führen kann. Woher meine Neugierde kommt, kann ich nicht sagen. Aber sie ist stärker als die Wut über den verpfuschten Abend.

»Achim, eines muss ich Ihnen sagen: Sie haben eine wunderschöne Küche. Wirklich. Mit Stil und Geschmack. So etwas findet man nicht oft. Zumindest nicht bei Männern, die alleine … wirklich … absolut top.«

»Danke für das Kompliment, Kathrin. Hier kann man übrigens auch wunderbar frühstücken. Wenn Sie Lust haben, können wir ja morgen früh noch zusammen frühstücken.«

Er will mit mir frühstücken! Und bis dahin? Was soll bis dahin geschehen? Ich bin zu perplex, um etwas zu erwidern.

»Wobei ich zu bedenken gebe: Frühstück ist nicht einfach, Kathrin. Ich habe mich immer mit meiner Frau gestritten beim Frühstück.«

»Verheiratet?«

»Geschieden. Und Sie?«

»Auch geschieden. Guido hat er geheißen.«

»Meine hieß Marita. Sie hat immer rumgemeckert, wissen Sie. Ich hab mir solche Mühe gegeben, habe jeden Morgen vor dem Frühstück Brötchen geholt. Und sie hat immer nur rumgemeckert.«

»Obwohl Sie Brötchen geholt haben.«

»Ja. Jeden Morgen, nur rumgemeckert. Ich sage: ›Nun kuck mal, ich hab uns Brötchen geholt‹, da hat sie gesagt: ›Brötchen, immer nur Brötchen, mehr bin ich dir wohl nicht mehr wert! Früher haste mir auch mal was Süßes mitgebracht, Achim!‹«

»Das ist ja gemein.«

»Dabei hat SIE immer gesagt, ich soll nicht ständig süßen Krempel anschleppen, sondern lieber nett sein zu ihr! Und nicht immer Zeitung lesen! Dabei habe ich gar nicht Zeitung gelesen!«

»Aber sie hat gesagt, Sie würden in Wirklichkeit viel lieber Zeitung lesen, als sich mit ihr zu unterhalten.«

Jetzt sieht er mich mit großen Augen an, fast wie ein Mondkalb.

»Ja, ja, exakt. Woher …? Kennen Sie Marita, meine Ex?«

»Ach was. Aber ich war auch mal verheiratet. Mit einem Guido.«

Er lächelt wieder. Irgendetwas fasziniert mich an diesem Mann. Und an dieser Situation. Wie weit kann man derartigen Unsinn treiben, ohne dass einer die Nerven verliert?

»Wissen Sie, Kathi, dann hat sie mir das Lesen von Packungsaufdrucken am Frühstückstisch kategorisch verboten.«

»Das kenne ich, Achim. Mein Guido hat mir auch zum tausendsten Mal vorgelesen, was in Nutella alles drin ist. Irgendwann konnt' ich's nicht mehr hören.«

Wir müssen beide laut loslachen.

»Na Kathrin, wir beide haben schon was erlebt, so zwischenmenschlich und sexuell. Im Laufe der Jahre, meine ich. Wenn ich nur an Ihren komischen Jens beim Segeln denke …«

»Ihre Karpfen-Malerin da in der Scheune, die hat doch auch einen handfesten Knall gehabt, oder?«

Er steht auf und holt die Grappa-Flasche wieder an den Tisch, gießt zwei kleine Gläser ein.

»Darauf müssen wir eine Grappa trinken, Kathrin. Prost!«

»Prost, Achim.«

Wir trinken beide, der Grappa tut gut. *Die* Grappa, meine ich.

»Was sind Sie eigentlich von Beruf, Achim? Lehrer?«

»Ich arbeite in einem Architekturbüro.«

»Also Architekt.«

»Nein. Ich helfe nur. Früher hieß das Bauzeichner, aber heute zeichnet ja keiner mehr. Das geht ja jetzt alles am Computer. Hin und wieder mache ich auch Bauleitung.«

»Und? Glücklich?«

»Weitgehend, ja.«

»Nur ab und zu stellen Sie solche Anzeigen ins Netz.«

»Und Sie antworten drauf. Außerdem war es das erste Mal, dass ich … während Sie schon vier Achims hatten …«

Und ausgerechnet ich muss an so einen Einsteiger geraten, denke ich mir. Achim lächelt mich an, streichelt mir zärtlich mit seiner Hand kurz über den Unterarm.

»Eines verstehe ich nicht, Kathrin: Sie sind Zahnärztin, Sie sehen verdammt gut aus, Sie sind intelligent, schlagfertig, sympathisch, erotisch, hochattraktiv … charakterstark … haben Geschmack …«

»Jetzt reicht's aber wieder, Achim. Werden Sie mal nicht sentimental.«

»Ja, aber: So eine Frau wie Sie, die läuft doch nicht frei herum! Da müssen sich doch die Männer gegenseitig die Köpfe einschlagen, um mit jemandem wie Ihnen ins Bett zu kommen, oder?«

So, jetzt reicht's mir. Genug gequatscht. Jetzt will ich's wissen. Ich stehe auf, pack ihn bei beiden Händen und flüstere ihm ins Ohr:

»Ich glaube, ich möchte jetzt einfach mit Ihnen schlafen, Achim.«

»Ja. Bringen wir's hinter uns, wie zwei erwachsene Menschen.«

»Das haben Sie schön gesagt, Achim.«

»Bei mir hier fände ich das unangemessen, nach all dem. Ich schlage vor: ein neutraler Ort.«

»Und wo soll der sein, Ihr neutraler Ort? In einem Sportwagen, bei dem das Dach klemmt?«

»Das werden Sie gleich sehen.«

Ein vielsagendes Lächeln huscht über Achims Gesicht. Jetzt bin ich sicher: Dieser Achim hat einen Schlag. Nichts Schlimmes, nichts Klinisches, aber einen Schlag. Was macht man mit so einem? Irgendwo ganz weit weg, ganz oben auf einer riesigen Männermüllhalde, umschwirrt von Geiern, steht Mariella Mayer und winkt mir zu.

KAPITEL VI

Nachdem ich zu Hause angekommen war, hatte ich erst einmal alle Aufnahmen vernichtet, die Ullrich Forchenbeck mir im Lauf der fotosexuellen Affäre geschickt hatte. Und zwar verbrannt, in meinem dänischen Kaminofen im Wohnzimmer. Durch die Glasscheibe habe ich gesehen, wie die Flammen die Fotos aufgefressen haben. Klar, ich hatte im Affekt gehandelt, aber das mit den Kinder-Bildern war einfach zu viel des Guten gewesen.

Wieder bin ich zum Ostbahnhof gegangen und habe mir dort regionale Zeitungen besorgt. Diesmal hatte man schon mehr Heckmeck getrieben: Wollte man den Berichten Glauben schenken, war ganz Bad Sülze in tiefer Trauer um den Pastor. Einem tragischen Unfall, hieß es, sei Pastor Forchenbeck zum Opfer gefallen, als er seinem geliebten Hobby, der Fotografie, nachgegangen war. Nicht genug: Die Gemeinde gedachte, posthum eine Ausstellung mit Forchenbecks Bildern zu machen, zum Thema »Naturfotografie«. Hoffentlich erwischen sie dabei nicht die falschen Naturaufnahmen, habe ich mir gedacht. Die trauernde Gattin Simone sollte jetzt die Pfarrstelle übernehmen und die Mecklenburger Landeskirche hatte sich bereit erklärt, schnellstens Gelder für die Renovierung des Kirchturms zur Verfügung zu stellen. Ein neues Geländer hatte man bereits beim örtlichen Schmied in Auftrag gegeben. Das wurde auch Zeit.

Aber auch diesmal rief mich kein Bad Sülzer Kommissar an, niemand stellte Fragen oder brachte mich mit dem Unfall in Verbindung. Ich hatte ein wenig Schiss, dass vielleicht jemand wegen meines Zimmers im »Deutschen Haus« neugierig geworden sein könnte und man nachforschen würde, ob ich vielleicht als Zeugin etwas bemerkt hätte. Das »Deutsche Haus« lag ja genau gegenüber dem Pfarrhaus. Zum Glück war keinem die verunglückte Foto-Session auf dem Kirchturm aufgefallen; nach Mitternacht herrscht in Bad Sülze sowieso Grabesstille.

Alles ist den gewohnten Weg gegangen, wie beim ersten Mal, business as usual. Ich habe mich in die Routine gestürzt. Meine Praxis ist gut gelaufen, die Patienten waren zufrieden mit mir. Es hatte sich allmählich rumgesprochen, dass ich als Zahnärztin ganz geschickt bin.

Drei Wochen nach dem Sturz des Pfarrers hat mich Hanfried Schüttler noch mal angerufen. Dieses Mal sparte er sich und mir wenigstens seine kryptischen Andeutungen und war einfach nur nett. Nicht einmal uncharmant. Er erkundigte sich freundlich, wie es mir denn ginge. Und ob die Gegenseite – damit hatte er meinen unsäglichen Guido gemeint – tapfer ihre Unterhaltszahlungen leiste. Nichts war zu spüren von den schmierigen Zweideutigkeiten und Seitenhieben auf Bad Schandau, die mir Würgereiz verursacht hatten, nach dem letzten Telefonat mit ihm. Das lag ja nun auch schon einige Wochen zurück. Ich bin deshalb auch ein bisschen zutraulicher geworden, erzählte von der Praxis und von meinem unbeschwerten Leben. Das sei ja auch kein Wunder, sagte Schüttler, für eine mit seiner Hilfe optimal geschiedene und überaus attraktive Frau. Und im Übrigen würde ja immer noch seine Einladung zum Essen ausstehen, quasi als kleine private Festlichkeit anlässlich der gelungenen Scheidung. Perfekt umgarnte er mich mit einer Mischung aus Betteln und Schmeicheln, der Herr Rechtsanwalt Schüttler. Und schließlich hatte er mich so weit, dass ich doch zusagte und mich für den nächsten Freitag zum Essen einladen ließ. Schüttler wollte mich um 19 Uhr dreißig vor meiner Wohnung abholen und sich um den Rest kümmern.

Natürlich war er pünktlich: Einer wie Hanfried Schüttler konnte nur pünktlich sein. Auf die Minute genau hat sein pechschwarzer Porsche unten vor dem Haus gehalten. Durchs Wohnzimmerfenster habe ich ihn aussteigen sehen, ich war ja schon ein klein wenig nervös. Er stand neben seinem Wagen, eine Sonnenbrille über den Augen, und sah zu meinem Fenster hinauf. Er musste gewusst haben, dass ich am Fenster stehen und seine Ankunft beobachten würde, denn er winkte mir zu. Offenbar wusste er auch, in welchem Stockwerk ich wohne. Schüttler hatte einen weißen Anzug an, darunter ein orangefarbenes Seidenhemd mit offenem Kragen. Der Anzug hat optimal gesessen, hat seinem groben, ungelenken Körper geschmeichelt; der Anzug musste maßgeschneidert sein, da hat jedes Detail gestimmt, von der Kragenpartie bis hinunter zur Beinlänge, wo die Hose perfekt über den schwarzen Lackschuhen aufgehört hat. Die Beinlänge stimmt sowieso selten bei Männern: Bei den Bohnenstangen ragen dürre Hühnerknochen unter Hochwasserhosen vor, bei den Kleinen und den Dicken sind die Hosen fast immer zu lang und diese Herren trampeln sich dann permanent mit den Hacken der Schuhe auf dem Hosensaum herum. Aber bei Hanfried Schüttler passte einfach alles.

Unten an der Haustür ist er auf mich zugegangen, hat die Sonnenbrille abgenommen, mir galant die Hand geküsst, mich zum Porsche geführt, mir die Beifahrertür aufgemacht, mir zum Einsteigen das Handtäschchen abgenommen, es behutsam nach hinten gelegt, ist elegant wie ein junger Hund eingestiegen und ohne viel Gequatsche losgefahren.

Auf kleinen Sträßchen sind wir in westlicher Richtung aus der Stadt hinaus gefahren und Schüttler plauderte charmant. Diesmal hat er das Programm »väterlicher Freund« ablaufen lassen. Samt Porsche. Das hatte schon etwas.

Die Fahrt ging hinüber nach Sacrow, diesem Ortsteil von Potsdam, am Sacrower See, einem Seitenarm des Wannsees. Eine aufwendig renovierte Villa neben der anderen. Ich hatte gehört, dass hier im Wesentlichen Berliner Filmschaffende wohnten, Regisseure, Produzenten und Schauspieler-Stars. Die westdeutsche Prominenz hat das ganze Gebiet nach der Wende quasi aufgekauft. Da kämpfen jetzt prominente Quizmaster für bessere Kindergartenstühle und Filmstars wie Kathinka Rallmann ziehen gegen die letzten übrig gebliebenen Grundschullehrerinnen mit STASI-Vergangenheit zu Felde.

»Maison du Bois« hieß das Lokal, auf einer sanften Anhöhe direkt am Wasser gelegen, mitten im Wald. Als wir über den Kiesweg auf die Jugendstil-Villa zufuhren, habe ich trotz des französischen Namens sofort an Nazi-Größen wie Hermann Göring denken müssen. Und an diesen … Fabian Henckel von Donnersschlag; komisch eigentlich.

Ein dunkelhäutiger Mann mit einem Knackarsch unter der blauen Livree kam auf den Porsche zu, machte meine Tür auf und half mir aus dem Wagen. »Marcel de Moine« stand auf einem Messingschild auf seiner Brust, aber wahrscheinlich war das Schild aus reinem Gold. Dann ist Marcel schnell hinüber zur Fahrertür geeilt und hat Hanfried Schüttler begrüßt:

»Willkommen im Maison du Bois, Herr Doktor Schüttler!«

Natürlich vollkommen akzentfrei. Marcel hat sich von Hanfried Schüttler den Zündschlüssel geben lassen und den Wagen auf den Parkplatz gefahren. An der Tür wartete schon, von zwei etwas einfältig wirkenden Bodybuildern umrahmt, die Restaurant-Managerin. Sie war schlank und durchtrainiert, hatte einen schwarzen Hosenanzug an und konnte höchstens um die 25 sein. Sie verpasste mir einen Blick, der wohl ein Lächeln sein sollte, aber mir war, als schwappte mir ein Putzeimer voll flüssiger Arroganz ins Gesicht. Sie hat uns, vor allem aber Hanfried Schüttler, überschwänglich begrüßt und uns durch das Haus in den Gartenbereich geführt. Ich musste aufpassen, nicht mitten in der Villa glotzend stehen zu bleiben: Mir ist fast schwindlig geworden beim Gedanken, was die Sanierung dieses Hauses gekostet haben musste. Klar, dass mich die Managerin dabei nochmals mitleidig angelächelt hat. So eine Vorlage verschenkt eine Lady dieser Preisklasse natürlich nicht.

Draußen auf der Sommerterrasse hatte man einen direkten Blick hinunter zum See. Am Steg lag ein altes Salonboot, schätzungsweise auch aus den 30er-Jahren, perfekt restauriert. Die Tische und Stühle aus Tropenholz musste ein Tischler gemacht haben, so perfekt, wie die zum Stil des Hauses passten. Der Abstand zwischen den einzelnen Tischen war so groß, dass man sich ungestört unterhalten konnte. Klar, dass die Musik nicht vom Band kam: Am Rand der Terrasse saß ein Streichquartett, alle in schwarzen Fräcken. Die vier waren richtig gut, und die Stücke haben auch irgendwie zum Essen gepasst, als hätten die Musiker sich mit den Köchen abgesprochen. Ich hätte vielleicht nicht applaudieren sollen, damit zog ich für einen Moment lang die Blicke sämtlicher anderer Gäste auf mich.

Viele von den Leuten sind mir bekannt vorgekommen, wahrscheinlich aus dem Fernsehen. Zwei Tische weiter hat Tim Benders gesessen. Den hätte ich zwar nicht erkannt, aber der hat sich ständig vorgestellt mit den Worten »Guten Abend, mein Name ist Benders.« Und zwar so laut, dass es jeder hören musste. Hanfried Schüttler ist auch ein paarmal gegrüßt worden, von anderen Tischen herüber. Klar, dass der hier Stammgast war, im »Maison du Bois«, das hat ja nur so gewimmelt von Scheidungspotenzial, besserverdienend. Ich hatte auch ständig das Gefühl, von allen angeguckt und begutachtet zu werden. Und habe mich dabei ertappt, mich geschmeichelt zu fühlen, in diesen Kreisen als angemessene Begleitung für Schüttler durchzugehen.

Aber vielleicht dachten die das gar nicht von mir und hatten alle nur ihre Verlogenheit besonders gut im Griff. Wahrscheinlich haben sie sich insgeheim auf der Toilette das Maul drüber verrissen, was sich der gute Dr. jur. Hanfried Schüttler heute wieder an Frischfleisch aufgerissen hatte.

Das Essen war, so blöd es klingt, der absolute Hammer. Kann man schon mal sagen. Erst habe ich die Teller gar nicht anrühren wollen, so gut hat das ausgesehen, aber der Geschmack hat mich dann fast umgehauen. Das war wirklich das Beste, was ich je gegessen habe. Nach einer raffinierten Vorspeise gab es irgendetwas mit Wild und tausend Kräutern. Ich war fast besoffen davon, so gut hat das geschmeckt. Nach dem Telefonat mit Schüttler hatte ich ja erst gezweifelt, ob das richtig gewesen war zuzusagen. Aber dieses Luxus-Brimborium im »Maison du Bois« war es auf jeden Fall wert, ungeachtet mitleidiger Blicke seitens der Managerin. Hanfried Schüttler war sein Geld auch wert: Geradezu charmant war er, hat geistreich geplaudert, ein druckreifes Bonmot nach dem anderen verschossen. Ich habe mich wohl gefühlt wie schon lange nicht mehr. Das darf man doch auch mal, oder?

Dessert und Kaffee wurden auf dem Salonboot gereicht, das ein Kapitän mit Vollbart sanft über den Sacrower See gesteuert hat. Zwei junge Mädchen in Serviererinnen-Kleidchen mit Häubchen auf dem Kopf und dänischem Akzent haben ganze Platten von süßen Schweinereien angeschleppt. Meinen Patienten hätte ich dringend von diesem Zuckerwerk abgeraten. Die Nachspeisen-Rundfahrt hat eine knappe Stunde gedauert, Hanfried Schüttler und ich waren die einzigen Gäste an Bord. Der Dieselmotor tuckerte leise, wir glitten naschend von einem Seitenarm des Sees in den nächsten. »Wie einfach kann Glück doch sein!«, dachte ich mir.

Andererseits wollte ich gar nicht wissen, was dieser Prominenten-Imbiss kosten mochte. Hanfried Schüttler hat anstandslos bezahlt, in bar, denn Kreditkarten waren im »Maison du Bois« nicht willkommen. Schüttlers juristischer Tätigkeitsschwerpunkt »Familienrecht Besserverdienende« musste wirklich hochgradig krisensicher sein.

Irgendwann gegen Mitternacht sind wir im Porsche wieder in Richtung Stadt gefahren. Auch diesmal hat Hanfried wieder kleine, verschlungene Landstraßen genommen. Einen Moment lang habe ich an die Porsche-Absturz-Episode in Mariella Mayers Traktat denken müssen. Und grinsen müssen. Und Schüttler hat zurückgegrinst. Ich habe mich gefragt, warum er, wenn schon alles gegessen war, nicht einfach auf direktem Wege zurück in die Stadt fuhr, durch Potsdam vielleicht, und dann über die Glienicker Brücke? Aber die Fahrt im Porsche über die kleinen Straßen hat Spaß gemacht. Genau deswegen hatte Schüttler vermutlich diesen Weg gewählt.

Wir sind hinüber nach Berlin-Mitte gefahren. Hanfried hat meinen fragenden Blick gesehen und ölig gelächelt. Es sei noch ein kleiner Absacker vorgesehen, hat er gesagt, und den könne ich ihm doch nicht ernsthaft verwehren wollen. Ich war von dem wunderbaren Essen im »Maison du Bois« mental quasi noch sediert und musste am nächsten Tag – ein Sonnabend – sowieso nicht in die Praxis. Ein Absacker mit Hanfried, warum auch nicht.

Vor dem Hotel Adlon hat er gehalten und mich an die Hotel-Bar geführt, wo ein Platz für uns beide reserviert war. Also auch hier alles perfekt arrangiert und getimt im Volljuristen-Stil. Ich bestellte mir einen Wodka Lemon und Schüttler einen Whiskey. Im »Maison du Bois« hatte er an dem französischen Weißwein nur genippt, wahrscheinlich um mich im Porsche wieder risikofrei nach Hause bringen zu können. Ich hatte inzwischen meine Skepsis und Vorsicht gegenüber Schüttler weitgehend abgelegt, Wein und Wodka haben den Rest besorgt. Ich bin richtig gesprächig geworden, habe mich herzlich bedankt bei ihm für das gelungene Essen und dabei auch gar nicht lügen müssen. Wir haben uns zwanglos unterhalten, und Schüttler hat das Gespräch nach und nach geschickt in Richtung Beziehung, Liebe und Erotik gelenkt. Erst habe ich das gar nicht so richtig mitbekommen. Auch dass Hanfried Schüttler jetzt wieder mancherlei Zweideutigkeiten abgeschossen hat, hat mich mehr amüsiert als abgeschreckt. Ohne mein Zutun stand bald ein zweiter Wodka Lemon vor mir auf dem Tresen, wie zufällig strich Hanfried Schüttlers große Hand über meinen rechten Unterarm und war, bevor ich sie überhaupt richtig realisiert hatte, schon wieder verschwunden.

»Was macht der hier mit mir?«, fuhr es mir durch den Kopf. Schüttler schaute mir tief in die Augen bedankte sich, dass ich seine Einladung angenommen hatte. Ich sei eine wunderbare Begleitung gewesen. Das hat mir geschmeichelt, na und? So ganz nebenbei hat er erwähnt, dass er mich noch gerne einmal in ein anderes Restaurant ausführen würde.

»Na ja, warum auch nicht?«

Das hätte ich besser nicht gesagt.

Lächelnd hat er den Schlüssel für die Suite Nummer 307 im dritten Stock des Adlon aus der Tasche seiner weißen Anzugjacke gezogen und ihn vor mir auf den Tresen gelegt.

»Trinken Sie aus und lassen Sie uns nach oben gehen, Frau Klientin!«

Das hatte gereicht, um mich schlagartig nüchtern werden zu lassen.

»Oder: Kathrin, wenn Dir das lieber ist!«

Ich war wie paralysiert. Allein die Vorstellung, »Hanfried« zu diesem Ekel sagen zu müssen, war mir unerträglich. Mir wäre auch kaum ein Vorname eingefallen, der geeigneter gewesen wäre für den Satz: »Ich möchte aber nicht mit dir schlafen, Hanfried.«

Im Reden noch habe ich gespürt, wie dieser Satz mir sozusagen von alleine aus dem Mund floss. Hanfried Schüttler nippte an seinem Whiskeyglas und sagte nur: »Schade, Kathrin. Schade.«

Was sollte das denn? Sollte es das schon gewesen sein? Führt mich aus, blecht mein halbes Monatseinkommen für ein Essen, schleppt mich an die Bar, sagt, dass er mich vögeln will, und zieht dann mit einem einfachen »Schade« den Schwanz ein, das konnte doch nicht wahr sein!?

Es war auch nicht wahr. Hanfried Schüttler nagelte mich mit seinem Volljuristenblick fest wie ein Botaniker eine Tse-Tse-Fliege in der Petri-Schale.

»Wie du meinst, Kathrin. Ich kann warten!«

Stimmt! Da konnte er lange warten! Aber Hanfried Schüttler hat gar nicht daran gedacht zu warten. Sofort hat er nachgelegt. Aus seinen Augen ist die schiere Überlegenheit hervorgekrochen, gepaart mit Kaltblütigkeit und Geilheit.

»Wir wollten doch ohnehin in den nächsten Tagen mal einen Ausflug machen, Kathrin. Irgendwohin.«

Dabei zog er mit der linken Hand aus der Innentasche seines Sakkos einen Fremdenverkehrsprospekt der Gemeinde Bad Schandau im Elbsandsteingebirge hervor. Und wedelte mir damit vor den Augen herum. Ich konnte kaum schlucken vor Wut und Angst, aber Schüttler war noch nicht fertig. Er zauberte noch ein zweites Blättchen hervor, das ärmlich ausgesehen hat und auch Touristen locken sollte: ins mecklenburgische Bad Sülze. Die Wirkung der beiden Prospekte auf mich war jedoch alles andere als armselig. Hanfried Schüttler ließ beide Prospekte vor mir auf den Tresen fallen.

»Du kannst dir gerne aussuchen, wo du zuerst hinmöchtest, Kathrin.«

Schüttler hatte es gewusst. Der musste mir nachspioniert haben. Oder von den beiden Unfällen gelesen und in seinem furchtbaren Juristenhirn eins und eins zusammengezählt haben. Wie ein hilfloses kleines Tier fühlte ich mich, das aus reiner Blödheit in eine Falle getappt war. Im Augenwinkel sah ich, wie Schüttler seinen Whiskey austrank, dann hielt er mir grinsend den Zimmerschlüssel vor die Nase.

»Nun komm schon, Kathrin, zier dich nicht so, meine Geduld ist nicht grenzenlos!«

Was dann im dritten Stock des Adlon ablief ist, hat mir eine ungefähre Ahnung davon gegeben, wie es Hanfried Schüttler damals geschafft haben musste, picklige Studentinnen sexuell hörig zu machen. Er ist regelrecht über mich hergefallen mit seinem wuchtigen Körper, seine Bewegungen hatten nichts von Eleganz, das war die reine Macht und Unterwerfung. Schüttler hat gerammelt wie ein Ochse im Rinderwahn, dabei hat er gestöhnt und geschrien, dass ich schon die Hoffnung hatte, der Zimmerkellner würde einschreiten.

Aber niemand ist gekommen. Auch Hanfried Schüttler nicht. Immer wenn ich gedacht habe, er wäre kurz davor, hat sich Schüttler zurückgehalten und den Orgasmus hinausgezögert. Offenbar hat er seinen Pimmel genauso gut im Griff gehabt wie die Paragrafen und die Prozessordnungen. Und statt sich und vor allem mich endlich zu erlösen, hat er immer wieder kurz davor stillgehalten und mich aufgefordert, ihm zu sagen, ob er gut war.

Ich habe nur genickt, und da hat er mich angeschrien: »Mach's Maul auf und sag' mir, ob ich dich gut f…!!«

»Ja, ja.«

Er hat mich angeherrscht wie eine Angeklagte in einem Mordprozess: »Antworte gefälligst in einem vollständigen Satz!«

Dabei hat er mich mit seinen riesigen Pfoten durchgeschüttelt, während er mit seinem Unterleib weiter das gemacht hat, wofür er gelobt werden wollte. In meiner Verzweiflung habe ich gebrüllt: »So gut wie du ist keiner, Hanfried.«

Das hatte er wissen wollen. Dass er der Beste war. Und da ist er gekommen, keuchend erst, dann brüllend. Dann war Ruhe. Zumindest für eine Weile.

Schon beim Reinkommen in die Suite 307 hatte ich an nichts anderes mehr gedacht, als wie ich diesen Dreckskerl möglichst bald quitt kriegen könnte. Ich habe mir die verschiedensten Foltern für ihn ausgemalt, von denen die öffentliche Kastration im Gerichtssaal noch die harmloseste gewesen wäre. Nur mit diesen Gedanken in meinem Hirn hatte ich das alles ertragen können.

Aber Hanfried Schüttler war noch nicht fertig. Er hat sozusagen die Verhandlung noch mit halbsteifem Gemächt fortgesetzt. Dabei hat er sich halb aufrecht in das King-Size-Bett gelümmelt, sich eine Havanna angezündet und mich aufgefordert, mich ihm zu zeigen, und zwar völlig. Ich war kurz davor, mich zu übergeben, mitten in die Bettwäsche vom Adlon.

»Schön mit dir, Kathrin. Genau so hab ich's mir vorgestellt. Das hab ich schon gewusst, als ich dich das erste Mal gesehen hab in der Kanzlei. Und wie ich dir nach der Verhandlung an den Arsch gefasst habe, erinnerst du dich? Da habe ich dich in Gedanken schon dreimal durchgepimpert, von vorne und von hinten.«

Und ob ich mich erinnerte! Was hatte Sylvia da bloß für einen Mist erzählt, von wegen der Mann würde sich damit begnügen, einmal im Monat seiner fetten Frau auf die großen Brüste zu starren!

»Bei mir ist bis jetzt noch jede schwach geworden. Ob Studentin oder Staatsanwältin, ob Kommunistin oder CSU-Schneckerl. Jede, die ich angebaggert habe, wollte nichts mehr als meinen Volljuristenprügel in ihrer Pflaume haben, verstehst du!? Gar nicht zu reden von all den kleinen Mäuschen, die mich gern gehabt hätten und nicht gekriegt haben. Ich bin ein Alpha-Tier, weißt du?!«

Oh ja. Wählt Schüttler.

Ich war ganz woanders. Diesen Dreckskerl musste ich loswerden. Wahrscheinlich war es eine Pflicht der gesamten Menschheit gegenüber, diesen Hanfried zu entsorgen. Zumindest dem weiblichen Teil der Menschheit gegenüber.

Schon war Schüttler wieder bereit, sein eigenes Gerede wirkte offenbar wie Viagra auf ihn, im Bett und im Gerichtssaal. Diesmal musste ich mich hinknien und er hat mich mit derselben Gnadenlosigkeit und Ausdauer wie beim ersten Mal malträtiert. Wie gern hätte ich dieses Monster gegen den harmlosen Pfarrer aus Bad Sülze oder den schwätzenden Schleimscheißer Brillich eingetauscht. Aber die gab es ja nicht mehr, und Hanfried Schüttler hat davon gewusst. Dementsprechend hat er mich auch rangenommen, als wollte er mich außergerichtlich für all meine Taten bestrafen. Auch dieses Mal zögerte er den Erguss wieder hinaus und schien meine heimliche Hoffnung auf eine schnelle Einstellung der Kampfhandlungen zu bemerken.

»Ja, ja, Frau Klientin, wir sind noch nicht durch! Ich habe Fristverlängerung beantragt! Jetzt treten wir nämlich in die mündliche Verhandlung ein! Komm, Schätzchen, hier ist noch Nachtisch vom ›Maison du Bois‹!«

Mir ist nichts übrig geblieben, als die angedrohte Schluckimpfung anzunehmen. Jeder Antrag auf Vertagung wäre aussichtslos gewesen, Erbitten einer einstweiligen Verfügung auf Unterlassung illusorisch.

Noch mal hat sich Hanfried Schüttler eine Zigarre angesteckt und ist mir kaum erschöpfter als vorher vorgekommen. Woher hatte dieser Koloss nur diese Kraft und Ausdauer genommen? Seit ich das Zimmer betreten hatte, habe ich an nichts anderes mehr gedacht als daran, wie ich ihn liquidieren könnte. Und ich wusste bald, dass das ein hartes Stück Arbeit werden würde. Gegen diese Bestie waren meine beiden anderen Opfer nur harmlose Würstchen gewesen. Kaum zu glauben, dass das der galante promovierte Scheidungsanwalt war, mit dem ich vor nicht einmal zwei Stunden im »Maison du Bois« gesessen und mich so vergnüglich unterhalten hatte.

Weiter war ich nicht gekommen mit meinen Gedanken, Schüttler hatte schon wieder angefangen, sich aufzurappeln, zumindest verbal.

»Weißt du, Kathrin, um ehrlich zu sein, du enttäuschst mich ein wenig. Du bist nicht richtig bei der Sache. Dabei hatte ich dich für ein grenzenlos geiles Luder gehalten. Und ich täusche mich selten in meinen Einschätzungen. Was du hier bisher zur Verhandlung beigetragen hast, war eher dürftig. Die Ernsthaftigkeit des Bemühens aller Prozessbeteiligten sollte schon erkennbar sein.«

Ich glaube, ich habe ihn nur angeglotzt, zu keiner Entgegnung fähig.

»Warum stellst du beispielsweise nicht einfach mal den Antrag, der liebe Hanfried sollte sich um deinen Popo kümmern?«

Das hatte ich also auch noch vor mir. Schöner Mist.

»Kathrin, in der Strafprozessordnung haben wir den Begriff der ›tätigen Reue‹. Das vermisse ich bei dir.«

Ich hatte nicht gewusst, worauf das nun wieder hinauslaufen sollte, aber mir schwante Übles. Hanfried Schüttler genoss meine Angst, das war mir klar. Ich musste abwarten, einen klaren Kopf bekommen. Irgendwo würde es bestimmt einen Hebel geben, an dem ich den Mistkerl packen konnte. Dort oben in der Suite Nr. 307 war es allerdings Schüttler gewesen, der unbestreitbar den Vorsitz hatte. Ich musste Zeit gewinnen, erst einmal diese Nacht überstehen, und mir dann eine Strategie zurechtlegen. Mir war nur noch nicht ganz klar, was Schüttler mit dem Geschwätz von der »tätigen Reue« gemeint hatte. Doch lange ließ er mich nicht im Unklaren.

»Kathrin, ich habe einfach das Gefühl, du hast deine beschissene Lage noch nicht ganz überrissen. Du spurst einfach nicht so, wie ich mir das wünschen würde. Da werde ich wohl ein bisschen nachhelfen müssen.«

Ich habe ihn angegrinst. So frech ich konnte. Was blieb mir außer der Offensive?

»Nur zu, Hanfried, vielleicht macht's ja Spaß ...«

»Das wird sich zeigen. Aber wir wollen nichts überstürzen. Wir haben jede Menge Zeit.«

»Schön, Hanfried.«

»Das meine ich auch. Allerdings befürchte ich, dass ich dich das nächste Mal nicht einfach so herumliegen lassen kann. Ohne Handschellen, meine ich.«

Das war es also: Der Herr Volljurist stand auf Bondage. Na schön.

»Und wenn das immer noch nichts hilft mit den Handschellen, dann werde ich dich wohl oder übel in Ketten legen müssen.«

Die Abwicklung der Angelegenheit Schüttler hatte länger gedauert, als ich gehofft hatte. In den folgenden zwei Wochen hatte Hanfried Schüttler auch recht massiv in den Ablauf meines Privatlebens eingegriffen. Meistens war es so abgelaufen: Er hatte mir, telefonisch oder per Mail, ein Hotel genannt, ausschließlich Häuser der obersten Kategorie. Da hatte ich mich einzufinden. Schüttler hatte immer seinen schweinsledernen Aktenkoffer dabei, den er mit Seilen, Ketten und ähnlichen Utensilien vollgestopft hatte.

Die Fesselspiele waren, zumindest körperlich, erduldbar. Schüttler hatte mir nie richtig weh getan oder die Verschnürungen zu fest zugezogen. Nein, der wollte mich bloß in seiner Gewalt haben, das war alles. So einfach war das, so naheliegend. Und doch so unentrinnbar. Ein paar Mal hatte ich versucht herauszubekommen, was Hanfried Schüttler tatsächlich gewusst hat über die Sache mit Jens Reimar Brillich. Und über den Unfall des Pastors. Doch so blöd war Schüttler nicht.

»Schätzchen, glaub mir, ich weiß genug. Ich gehe doch nicht in eine Verhandlung, ohne meine Hausaufgaben gemacht zu haben. Und wenn du mit dem Gedanken spielst, mich auch zu entsorgen, dann bist du dran. Ich habe beim zuständigen Staatsanwalt einen Schriftsatz deponiert, der im Falle meines Ablebens unverzüglich zu öffnen ist. Dann holen sie dich am nächsten Morgen ab. Und glaube bitte nicht, dass sie dir für dreifachen Mord Rabatt geben!«

Viel wichtiger als die Fesselungen war für Schüttler gewesen, dass ich pariert habe und auf der Matte gestanden bin, wann immer er mich angerufen hatte. Er wollte einfach Zugriff und Verfügungsgewalt haben über mich. Ein Lichtblick war gewesen, dass die blindwütige Rammelei im Laufe der Zeit in ihrer Häufigkeit und Intensität spürbar nachgelassen hatte. So gesehen im Grunde fast eine ganz alltägliche Beziehung.

Dafür hatte Schüttler, nachdem er mich wieder auf einem Stuhl in irgendeinem Sterne-Hotel gefesselt hatte, angefangen zu dozieren, über den Weltenlauf. Das ist abgelaufen wie Frontalunterricht; es hatte eigentlich nur noch die Schultafel gefehlt. Dass der Kapitalismus am Ende wäre und sich selbst auflösen würde. Und dass es eine irrwitzige Annahme wäre, der Kapitalismus und die Marktwirtschaft seien ein kompatibles System. Stattdessen würde das ganze Land – ganz Europa! – schnurstracks und zielgerichtet in die Pleite treiben. Symptome wären die Unfähigkeit zu wirklichen Reformen und das dräuende Gespenst einer neuen Armut. Weder Renten noch Sozialsysteme wären in ein paar Jahren noch zu finanzieren, das gesamte soziale Gefüge würde kurz vor dem endgültigen Kollaps stehen. Die Finanzkrise sei der Beweis dafür, dass das ganze westliche Wirtschaftssystem am Ende sei, und als einzige Rettung bliebe dann die kollektive Flucht nach China oder nach Alaska. Das war wirklich alles nur Bockmist, besonders, wenn man nackt und gefesselt auf einem Antikholzstuhl in einem 5-Sterne-Hotel am Müggelsee saß. Bei Hanfried Schüttler hatten sich wohl im Laufe der Jahre ein paar Synapsen kurzgeschlossen. In seinem Hirn mussten sich, als Kollateralschaden der Scheidungsprozesse wahrscheinlich, leninistisch-marxistisches Gedankengut mit Starkbierparolen vom Bund Deutscher Industrieller und falsch verstandenen Gewerkschaftstheorien vermengt haben. Und zwar so unglücklich, dass daraus die Schüttler'sche Theorie von der »kollektiven Impotenz der Systeme« entstanden war. Wie gesagt: abscheulicher Bockmist. Am besten konnte ich die Vorträge überstehen, indem ich komplizierte Zahnbehandlungen bis ins kleinste Detail durchging, während er vorne seine Vorträge hielt, meistens splitternackt. Schüttler hatte außer mir wohl niemanden mehr gehabt, der ihm dabei zugehört hätte, selbst dann nicht, wenn er vollständig bekleidet gewesen wäre.

Dabei hatte er selber Aktien ohne Ende, hat ständig spekuliert und musste wohl auch sehr viel Geld verloren haben dabei. Dennoch konnte sein Stammkapital noch nicht so angegriffen sein wie sein Stammhirn, sonst hätte er sich die teuren Hotels nicht mehr leisten können, in die er mich einbestellt hat. Unermüdlich habe ich nach einem Griff gesucht, an dem ich den Kerl packen und irgendwo tief in den Hades hinabschleudern konnte. Ich war sicher, dass ich irgendwann auch Schüttlers Systemfehler herausfinden würde. Und dann könnte ich ihn entsorgen, ganz einfach wahrscheinlich.

Es dauerte dann aber doch nicht sehr lange, bis ich seinen Fehler gefunden hatte. Schüttler hatte mich eingeladen, mit ihm eine Reise nach Italien zu machen, für eine Woche. Er war also schon so abhängig geworden von meiner erzwungenen Bereitschaft, ihm zuzuhören, dass er mich um sich haben wollte. Mich zu quälen war ihm immer unwichtiger geworden, er brauchte nur jemanden, der ihm zuhörte. Was natürlich angesichts seiner Psyche und seines Geschwafels auch eine Qual war. Im Porsche sollte ich mit ihm bis nach Mailand fahren, wo er geschäftlich zu tun hatte. Da wollte er dann mit mir durch Mailänder Boutiquen streifen, Kleider und Schuhe angucken.

Ich hatte mir für eine Woche eine Vertretung für die Praxis besorgt und zugesagt. Und gehofft, Hanfried Schüttler bei dieser Reise menschlich so nahe zu kommen, um abschätzen zu können, was er wirklich wusste über Brillich und den Pfaffen. Und vielleicht, hatte ich mir gedacht, ergab sich dabei eine schöne Gelegenheit, auch ihn ein für alle Mal loszuwerden.

Von Berlin aus sind wir über Leipzig und Nürnberg auf der A 9 nach München gefahren, zwischen Coswig und Bitterfeld durfte ich sogar ein Stück lang am Steuer sitzen, das Stück, wo die Autobahn über die Elbe führt. In München sind wir im Sheraton abgestiegen, haben gegessen und sind aufs Zimmer gegangen, wo Schüttler mich auf das Koffergestell gefesselt hat und mir Neues aus seinen Theorien über den LeMaReKa – leninistisch-marxistischer Real-Kapitalismus – vorgelesen hat. Und sich dabei selbst befriedigt hat, ohne mir an die Wäsche zu gehen. Immerhin ein Fortschritt. Nach dem Frühstück am nächsten Tag war es weitergegangen, auf der Landstraße in Richtung Lenggries, direkt in die Berge.

Bei diesem Teil der Fahrt hatte ich es dann bemerkt. Wir sind mit offenem Verdeck gefahren und als wir richtig in die Berge reingekommen sind, kurz hinter Lenggries, die Sylvensteinstraße hinauf, da ist Hanfried Schüttler mit einem Mal merkwürdig still geworden. Und nervös. Hat sich die feuchten Hände immer wieder am Hosenbein abgewischt, das Lenkrad war schon völlig nassgeschwitzt. Kurz vor dem Sylvensteinspeicher hat die Straße über eine Brücke geführt, die dann zu einem Damm wurde, über den wir direkt am Stausee langgefahren sind. Es war wunderschön. Ich habe mich nur gewundert: Warum schwitzte Schüttler so? Er hatte richtiggehend gezittert mit den Händen, der Schweiß hatte ihm auf der Stirn gestanden. Im Gesicht war er totenbleich gewesen, auch sein Atem war schneller gegangen als sonst. Ich kannte dieses Phänomen von Patienten, die krankhafte Angst vor Zahnbehandlungen haben. Ich hatte mir gedacht: Warum sagt Schüttler nichts mehr? Keine Theorien mehr, keine Welterklärungen mehr, gar nichts. Was war denn auf einmal los mit dem allgewaltigen Herrn Rechtsanwalt?

Ganz kurz vor dem Damm ist Hanfried Schüttler plötzlich rechts an den Straßenrand gefahren, hat sich mit den Händen in den Armlehnen festgeklammert und mich gefragt, mit ganz leiser Stimme:

»Willst du noch mal ein kleines Stück fahren?«

»Na klar!«

Wir haben die Plätze getauscht und ich habe den Porsche über den Damm gefahren. Kaum hatten wir den Damm hinter uns, war es Schüttler sichtlich wieder besser gegangen.

»Halt an, Kathrin! Ich fahre doch lieber selber!«

Also haben wir wieder getauscht und Schüttler ist weitergefahren. Bis zum ersten Tunnel: Dort hat sich das Spiel wiederholt. Ich bin durch den Tunnel gefahren, danach hat Schüttler das Steuer wieder übernommen.

Und da ist es mir wie Schuppen von den Augen gefallen: Schüttler hatte Schiss vor Brücken. Die nackte Angst, Schweißausbrüche. Ich habe mich an ein Semester klinische Psychologie erinnert, das wir im Rahmen des Zahnmedizin-Studiums belegen mussten. Da war es um Phobien gegangen, Panik-Attacken im Alltag. Die Symptome haben haargenau gestimmt: Schweißausbrüche, erhöhter Puls, Zittern der Hände, Bewegungsunfähigkeit. Ich habe mich an den ersten Abend mit Schüttler erinnert, als er mich ins Maison du Bois verschleppt hatte: Da war er nur über kleine Straßen gefahren. Nicht über die Glienicker Brücke. Auch über sonst keine Brücke. Die Antwort war ganz einfach: Hanfried Schüttler hatte Angst. Angst vor Brücken. Deswegen hatte er mich zwischen Coswig und Bitterfeld ans Steuer gelassen, denn da war es über die Elbe gegangen.

Das war es also, wonach ich so lange gesucht hatte. Es war mir mit einem Schlag klar: Schüttler war Phobiker. Der Mann hatte krankhafte Angst davor, über Brücken zu fahren. Das gleiche Verhaltensmuster zeigte sich bei den Tunneln. Na also. Das musste er sein, der Hebel, mit dem ich ihn packen konnte.

Die Bergstrecke hat durch immer mehr Tunnel und über unzählige Brücken geführt, die ständige Umsteigerei ist irgendwann lästig geworden, und Hanfried Schüttler ist einfach auf dem Beifahrersitz sitzen geblieben. Schüttler war wohltuend still, und ich bin immer schneller gefahren, quer durch die Alpen, über Brücken und durch Tunnel. In meinem

Hirn hat es gerattert wie in einem alten Sägewerk: Wie konnte ich diesen Defekt des Herrn Anwalts für mich nutzen, wie konnte ich ihn loswerden mithilfe der Brücken und der Tunnel? Die Fahrerei im offenen Porsche auf den kleinen kurvigen Straßen hat wie ein Nachbrenner gewirkt auf meine Fantasie. Und bald, noch mitten in Tirol, hatte ich mir einen Schlachtplan zurechtgelegt. Drüben in Italien wollte ich eine noch kleinere Bergstraße benutzen, mit engen Kurven und vielen, vielen Tunneln. Alles war ganz einfach. Schüttler durfte nur keinen Verdacht schöpfen.

An der kleinen Grenzstation hinüber nach Italien haben wir das Verdeck wieder zugeklappt; es war spürbar kälter geworden in der Höhe. Auf einem engen, kurvigen Bergsträßchen, irgendwo in Südtirol, war die Gelegenheit gekommen, auf die ich gewartet hatte. Ständig sind uns schwer beladene Kieslaster entgegengekommen: Irgendwo in der Nähe musste eine Baustelle sein. Einen vor uns fahrenden beladenen Kiestransporter habe ich auf einer kurzen Geraden überholt: Mit dem Porsche war das mühelos drin, der schafft es ja bekanntlich von null auf hundert in 3,8 Sekunden.

Dann, in einem kleinen Tunnel, hat ein Schild vor engen Kurven gewarnt, innerhalb des Tunnels. Noch dazu ist es ziemlich steil bergab gegangen. Auf dem Schild hat auch gestanden, dass der Tunnel 600 Meter lang war. Das musste reichen, das war die Chance. Ich habe kurz auf den Tageskilometerzähler gesehen und bin hineingefahren in den Tunnel. Es war stockdunkel, von den Felswänden hat Wasser getropft. Mit einem Seitenblick habe ich bemerkt, wie Hanfried Schüttler sich im Beifahrersitz festgekrallt hatte. Nach knapp 300 Metern kam noch einmal ein kleines Schild, das vor einer engen Kurvenkombination gewarnt hat: »Attenzione! 3 tornanti!« Weder von vorne noch von hinten hat man noch Tageslicht gesehen. Sehr gut. Wenn mein Plan überhaupt eine Chance hatte, dann hier. Der Kieslaster musste jetzt etwa gute 40 Sekunden hinter uns sein. Alles musste verdammt schnell gehen. Ich habe blitzschnell die Lichter des Porsche ausgeschaltet, bin gleichzeitig voll in die Bremsen gestiegen und hab den Porsche mitten in dem engen Tunnel quergestellt, genau zwischen zwei engen Kurven. Gleichzeitig habe ich die Zündung ausgeschaltet und den Schlüssel abgezogen. Hanfried Schüttlers Atem war rasend, es war nur noch ein Stammeln gewesen, das er zustande brachte:

»Kathrin, Kathrin, was … was … was soll das? Was … was was … was tust du denn da, um … um Himmels willen?«

Ich habe meine Reisetasche von der Rückbank genommen und bin ausgestiegen.

»Unsere Wege trennen sich jetzt, Herr Doktor Schüttler.«

Dann habe ich den Porsche mit dem Infrarotschlüssel abgeschlossen und bin schnell auf und davon, talwärts. Hanfried Schüttler hatte in dem querstehenden Wagen gesessen, der fast von Tunnelwand zu Tunnelwand gereicht hat. Schüttler musste völlig paralysiert und bewegungsunfähig vor Angst gewesen sein. Sein schlaues Juristenhirn war offenbar nicht mal mehr auf die naheliegende Idee gekommen, den Tür-Entriegelungsschalter von innen zu betätigen.

Kurz vor dem Ende des Tunnels habe ich von unten einen Lastwagen herankeuchen gehört: Dieser Kiestransporter war leer, er ist mit einer für seine Größe fast unglaublichen Geschwindigkeit bergauf gefahren und hat ständig gehupt dabei, vor jeder Kurve. Er hatte dabei fast die ganze Breite der engen Tunnelstraße gebraucht. Ich habe mich so dicht es ging in eine Ausbuchtung in der Felswand gedrückt, bis der Laster an mir vorbei war. Dann bin ich so schnell ich konnte weitergerannt, talwärts aus dem Tunnel hinaus. Dabei habe ich auch von oben ein Hupen gehört: Das musste der Lastwagen gewesen sein, den ich eine Minute vorher überholt hatte. Mein Herz hat gelacht: Das würde genau passen. Glück gehabt, Kathrin. Ich war schon aus dem Tunnel heraus, als ich nochmals das laute Tröten der zwei Lastwagenhörner hörte. Und unmittelbar drauf einen infernalischen Lärm aus Quietschen, Krachen und metallischen Schürfgeräuschen: Der kleine Tunnel hatte eine hervorragende Akustik.

Dann plötzlich vollkommene Stille. Mir war klar: Die beiden Lastwagen mussten sich in der Mitte der Tunnels getroffen haben, genau dort, wo ich den Porsche so unvorschriftsmäßig geparkt hatte. Vergnügt und leichten Herzens bin ich talabwärts gelaufen und war sicher, dass der von Schüttler so hochgelobte Seitenaufprallschutz des Porsche versagt haben musste. Klar, so einer schweren Aufgabe in Form zweier italienischer Kies-LKWs konnte auch die Side-Impact-Protection von Porsche nicht gewachsen gewesen sein. Den Zündschlüssel habe ich in einen kleinen Sturzbach geworfen. Ich habe ziemlich weit gehen müssen bis zum nächsten Dorf, über teils halsbrecherische Bergpfade, denn ich wollte ja nicht, dass sich jemand an eine Frau erinnert, die mit Reisetasche die Passstraße entlang wandert.

Mit einem Postbus bin ich dann hinunter nach Bozen gefahren. Ich war wirklich stolz auf mich: Technisch gesehen war meine Lösung vielleicht nicht so kunstvoll und delikat wie die Porsche-Hinrichtungs-Konstruktion von Mariella Mayer an der Klippe, aber psychologisch fundiert war sie allemal. Und funktioniert hatte sie. Die Alpenvariante eben, mit Kieslaster.

KAPITEL VII

Die Nacht ist lau: Ich lasse den rechten Arm über die Beifahrertür des gelben Fiat Barchetta hängen, als Achim auf dem Parkplatz direkt vor dem ILTIS-Hotel oben am ICC in Charlottenburg hält. Ich kenne das scheußliche Hotel vom Vorbeifahren: An der weißen Klinkerfassade hängt immer ein großes Transparent, mit Schnüren am Gebäude festgezurrt – hier sind Zimmer pro Person und Nacht bereits ab 29 Euro zu haben, inklusive Frühstück. Ich frage mich nur, ob das Anbringen eines solchen Transparents überhaupt sinnvoll ist, weil vermutlich niemand auf die Idee kommen würde, in dem zwölfstöckigen Neubau freiwillig mehr als 29 Euro zu bezahlen.

Achim steigt aus und holt ein Paket aus dem Kofferraum, flach, ziemlich sperrig, mit Packpapier eingewickelt. Er winkt mir mehrmals, ohne einen Ton zu sagen. Was hat er denn jetzt? Er sperrt wieder beide Türen ab, ohne das Verdeck zuzumachen. Legt den Finger auf seine Lippen und sagt:

»Psst!«

»Wieso ›psst‹?«

»Pssst.«

Er geht auf den Eingang des Hotels zu, ich folge ihm. Irgendetwas stimmt nicht mit mir: Ich bin tatsächlich neugierig darauf, was er sich jetzt wieder ausgedacht haben mag.

Plötzlich bleibt er stehen, geht schnell zurück zum Fiat und holt die Aktentasche, die er im Wagen vergessen hatte.

»Geht nicht ohne, was?«

Ich zeige auf das sperrige Paket.

»Und das da?«

»Pssst.«

Das Foyer des Hotels hat den unbestreitbaren Charme der 70er-Jahre. Dem auch, wie es aussieht, niemand durch Renovierungen oder übertriebene Reinigungsmaßnahmen in den Rücken gefallen ist. Der Geruch jedenfalls bestätigt diese Theorie.

Der Raum ist völlig leer, auf dem Tresen steht eine Klingel mit einem Schild »Nachtportier bitte läuten«: Grammatikalisch auch nicht ganz korrekt. Jetzt fange ich auch schon an, so kariert zu denken wie dieser Achim. Er betätigt die Glocke ganz sachte, gerade so, dass sie Laut gibt. Alles andere wäre wahrscheinlich seinem Naturell zuwidergelaufen. Wie ein hinkender Springteufel taucht ein alter Mann hinter dem Tresen auf, sein steifes Bein nachziehend.

»Nu machen Se doch nich so a Lärrm! Ich bin ja ni schwärhöörich!«

Dabei brüllt er so in seinem komischen Dialekt, als wäre er der letzte Schlesier von Westberlin und jeder sollte es wissen. Achim sieht sich erschrocken um und verfällt in einen Flüsterton. Ich muss fast wieder kichern, über den Alten und die Situation: Der eine flüstert, der andere brüllt, dazu dieses blöde Paket. Achim haucht dem Alten fast ins Ohr:

»Guten Abend. Ich hatte ein Zimmer reserviert. Ein Doppelzimmer, für eine Nacht.«

»Wass hab ich?«, bellt der Alte zurück.

»Psst! Nicht Sie, ich! Ich habe ein Zimmer reserviert für eine Nacht.«

»Na, dann sagen Se das doch! Uff welchen Namen?«

»Auf Achim.«

Ich amüsiere mich köstlich. Der Alte zerrt eine Hornbrille hervor und fängt an, in einer abgegriffenen Kladde herumzublättern. Völlig konfus. Ich verkneif' mir einen Kommentar.

»Uff Achim hamm Se jesacht. Für wie lange?«

»Für eine Nacht.«

»Wat heißt ›eine Nacht‹!? Det iss ja denn nur bis heute friehe, oder was?«

»Genau.«

»Sachen Se det doch gleich! Für eine Person?«

»Nein, für zwei. Doppelzimmer.«

»Zwei Doppelzimmer? Da muss ich erst nachkucken!«

»Nein. Nur eins. Ein Doppelzimmer auf Achim für eine Nacht.«

»Nu regen Se sich doch ni uff! Hab ich doch hier zu stehen: Eenma De-Zett fier Achim.«

»Na also.«

»Was?«

»Nichts.«

»Det lohnt ja fast gar ni mehr! Da hätten Se ooch ma frieher kommen können!«

»Ja, wir sind aufgehalten worden.«

»Uffgehalten?! Denn hätten Se ma besser anläuten können, damit ich das Zimmer ni weggebe!«

»Sie haben das Zimmer weggegeben!?«

»Ach woher denn. Aber so was weiß ma doch ni! Wenn nu noch ne Reisegruppe gekommen wär, was weiß ich, aus Goslar oder so, denn hätt ich das Zimmer missn weggääbn. Ausweis.«

Achim zieht seinen Personalausweis aus der Brieftasche, reicht ihn dem Alten. Der guckt sich den Ausweis ausgiebig an, ob er nicht etwa gestohlen, gefälscht oder zumindest abgelaufen ist. Dann trägt er die Daten in sein Anmeldeformular ein, langsam und bedächtig.

Ich trete von einem Fuß auf den anderen: Von mir kriegt der Alte keinen Ausweis. Nervös sieht Achim zu mir rüber. Und kommt mit dem linken Fuß an das Paket, das er gegen den Tresen gelehnt hat. Es fällt um und macht einen Riesenlärm für seine Größe, es hallt richtig in dem leeren Foyer.

»Nu wecken Se mir hier bloß ni noch alle uff hier, um diese Zeit!«

»Entschuldigen Sie bitte. Könnten wir jetzt vielleicht den Schlüssel …«

»Erscht ni herkummen und dann ooch noch pressant! Das sind mir schon die liebsten!«

Mit enervierender Akribie liest sich der Alte nochmals die von ihm eingetragenen Angaben durch. Automatisch greift Achim nach seinem Ausweis, aber der Alte hat schon seine Pranke drauf.

»Der bleibt hier bis zur Abreise. Ich hab ma geschrieben ›in Begleitung von Ehegattin‹.«

»Danke, sehr freundlich.«

Ich verkneife mir noch eine Bemerkung! Ehegattin von diesem Achim, das würde mir gerade noch fehlen!

Der schlesische Hotelsiegelbewahrer blättert umständlich einen Kasten mit Karteikarten durch, findet endlich einen Schlüssel und händigt ihn Achim aus.

Achim nimmt den Schlüssel, greift sich erleichtert Paket und Aktentasche, nimmt mich sanft am Arm und geleitet mich zum Fahrstuhl. Ich komme mir ein bisschen vor wie eine Psychiatrie-Patientin auf Freigang.

Endlich geht die Tür des winzigen Aufzugs auf – Hersteller Poppe-Keil Berlin, Baujahr 1971, max. 3 Personen oder 160 kg – und der Alte plärrt von hinten durch das Foyer:

»Friehstick von 6 Uhr 30 bis 7 Uhr 30, uff dritte Etage!«

Achim dreht sich um, legt den Finger auf die Lippen.

»Psst.«

Das Zimmer 1107 im 11. Stock ist klein, die Luft riecht abgestanden. Achim hat keine Lampe eingeschaltet, aber von draußen scheint Licht herein: Zumindest hat das 29-Euro-Loch ein Fenster. Ich will es aufmachen, um zu lüften, aber der Flügel lässt sich nur kippen. Wahrscheinlich hat die Hotelleitung Sorge, dass selbst hartgesottene Vertreter, sofern sie den Alten unten an der Rezeption überlebt hätten, sich angesichts des Zimmers spontan nach unten stürzen könnten. Was natürlich die Zufahrtsmöglichkeiten zum Messegelände über die unter direkt am Hotel vorbeiführende Masurenallee erheblich beeinträchtigen würde. Ich stehe am gekippten Fenster und sehe zu, wie der aufkommende Sturm die Wolken am hell beleuchteten Funkturm vorbeitreibt.

»Kucken Sie ruhig ein bisschen, Kathi, ich bereite dann so weit mal alles vor.«

»Machen Sie mal, Achim.«

In der Spiegelung des Fensters sehe ich, dass Achim die Kerzen von Behandlungszimmer drei aus der Aktentasche holt, aufstellt und anzündet. Dann kramt er einen Discman aus der Tasche mit zwei kleinen Aktivboxen: eine Miniatur-Stereoanlage. Das ist schon fast wieder süß.

»Klassik oder Kuschelrock?«

»Klassik.«

Ich sehe mir wieder das Spiel der Wolken an. Es raschelt im Zimmer, ich drehe mich kurz um: Achim packt eine Plastiktüte aus, Herren-Unterwäsche.

»Slip oder Boxer?«

»Bitte?«

»Na, wie hätten Sie mich lieber: in einem hautengen Slip oder in lässigen Boxershorts, hm? Je nachdem, was Sie anregender finden. Ich richte mich da ganz nach Ihnen.«

»Ist mir egal.«

»Sollte es aber nicht sein. Es ist eminent wichtig, was man drunter anhat. Das gehört doch mit zum Liebesspiel.«

Jetzt will er mir also auch noch einen Vortrag über Dessous halten. Vielleicht sollte ich den ganzen Stimmungskrempel, den er da angeschleppt hat, einfach aus dem Fenster werfen. Runter auf die Masurenallee. Und ihn gleich noch dazu. Was natürlich unmöglich ist, weil sich das Fenster nur kippen lässt.

»Ich hab manchmal gar nichts drunter.«

»Kathrin, das ist doch primitiv.«

»Was wissen Sie denn von Primitivität … ein bisschen primitiv würde Ihnen jedenfalls auch nicht schaden.«

»Also, ohne jetzt darauf herumreiten zu wollen: Ich verstehe jedenfalls etwas von Dessous. Meine Mutter hatte damals in einem Miederwarengeschäft ausgeholfen. In Brilon, im Sauerland. Miederwaren-Achim, Brilon-Altstadt. Da hat sie mich oft mitgenommen, als Kind. Ich bin quasi zwischen Büstenhaltern, Schlüpfern und Strapsen aufgewachsen. Mein Kindergarten war im Grunde das Hinterzimmer bei Miederwaren-Achim, hinten bei den Umkleidekabinen.«

Der Kerl ist tatsächlich aus Westdeutschland. Noch dazu aus dem Sauerland, das passt. Eifel wäre auch noch gegangen, zur Not.

»Aber wieso haben die den Laden nach Ihnen benannt?«

»Ach Unsinn. Die Besitzerin hieß Achim. Mit Mädchennamen. Elfriede Achim. Ein reiner Zufall.«

Ich sehe nach draußen, zu den Wolken, aus denen mir Mariella Mayer zuwinkt. Und mir sagt, dass es allmählich Zeit wird.

»Haben Sie's bald?«

»Ja, ja, gleich. Psst.«

Dabei liegt ein Geräuschpegel in dem winzigen Zimmer, als wäre eine ganze Horde Mäuse an einem Lager für Raschel-Bedarf zugange. Ich spähe vorsichtig nach hinten: Achim zieht sich aus, legt penibel Hemd und Hose zusammen, hängt das Jackett auf einen Kleiderbügel und streift sich eine Boxershorts aus schwarzer Seide über. Er nimmt Cracker und Salznüsse aus der Minibar und arrangiert sie neben dem Bett auf dem Nachtkästchen zu einer Art Stillleben mit einer Packung Kondome, Massageöl und Gleitcreme. Jetzt reißt er – das Geraschel wird zum Getöse – das Packpapier auf: eine kleine Staffelei mitsamt Pinseln und Farbtuben. Was soll das nun wieder? Er stellt die Staffelei am Fußende des Bettes auf. Gar nicht so einfach, bei dem winzigen Zimmer. Aus den Miniboxen scheppert der erste Satz aus Bachs Brandenburgischen Konzerten, mit der Fernbedienung schaltet Achim den hotelinternen Pornofilm-Kanal ein. Das heißt, er versucht es und braucht ewig, bis er die Zimmernummer in die Fernbedienung eingegeben hat. Dann geht der Film los: In flimmernden Bildern sieht man eine Horde relativ junger Mädchen auf einem Geländewagen am Strand, die sich ohne erkennbare Gründe die T-Shirts vom Leib reißen, worauf ebenso grundlos ein weiterer Geländewagen ankommt mit jungen Halbidioten, die auf die Mädchen losgehen und ihnen ohne jede weitere Umständlichkeit zwischen die Beine fassen. Währenddessen fummelt Achim an der Staffelei herum. Es dauert eine Weile, bis er merkt, dass ich ihm dabei schweigend zusehe.

»Was soll der ganze Mist, Achim?«

»Mist?«

»Ja, Mist. Also, was soll der Mist?«

Er guckt mich an ein wie ein Mondkalb, stellt den Porno-Kanal ab, nimmt seine Aktentasche und holt einen kleinen Stapel Zeitschriften heraus. Er macht Licht, zieht aus dem Stapel die neueste Ausgabe der Zeitschrift »Men's Health« heraus, schlägt eine markierte Seite auf und hält mir das Heft hin.

»Lesen Sie selber!«

Ich setze mich auf das Bett und schüttele den Kopf.

»So ein Bockmist!«

»Bockmist? Aber das steht doch da drin, wörtlich! Hier: … Gehen Sie mit Ihrem Seitensprung in ein Hotel der untersten Preisklasse und spielen Sie die erste Liebesnacht in Ihrem Leben nach … ohne ein Wort zu sprechen, Punkt. Das habe ich doch alles gemacht!«

»Verstehe. Deswegen ›psst‹.«

»Ja, deswegen ›psst‹. Hier: ›Die 365 heißen Tipps für scharfen Sex‹ aus der ›Cosmopolitan‹. Dann haben wir hier noch die ›Glamour‹-Ausgabe vom Juni, da steht drin, dass man Kerzen nehmen soll und sich mit Früchten … Sie wissen schon. Und das ›Wild Lovers Manual‹ aus der Mai-Ausgabe der ›GQ‹: Das kann man heraustrennen und unauffällig mitführen. Das mit dem Massageöl habe ich aus dem Sommer-Liebes-Ratgeber in der ›Brigitte‹. Und über das Internet habe ich mir dieses neue Buch von Ina Soundso mit den besten Sex-Tipps besorgt. Frisch erschienen im Rheyne-Verlag, Hardcover.«

Achim verstaut den Ratgeber-Müll wieder in seiner Aktentasche.

»Wissen Sie, Kathi, diese Zeitschriften drucken doch das nicht einfach so. Das wird doch sicher von Fachleuten korrigiert. Psychologen. Fachleute für Erotik. Die werden sich doch etwas dabei denken.«

Da hat er also all den Mist her, dem er hier die ganze Nacht hinterherläuft!

»Das mit der Staffelei ist meine eigene Idee.«

»Verstehe: Wie damals mit Ihrem Karpfen …«

Mit hängenden Schultern hockt Achim in seinen schwarzen Boxershorts auf dem Bett und fängt an, Salznüsse zu essen, eine Packung nach der anderen.

»Sehen Sie mal, Kathi, diese Salznüsse kosten 3 Euro 50. Das sind 7 Mark für eine 30-Gramm-Packung!«

»Das ist immer so in Hotels. Man geht auch nicht in solche Hotels und isst Salznüsse.«

»Aber 3 Euro 50! Sie finden das vielleicht lächerlich, aber ich … ich verdiene ja nicht so viel wie Sie als Zahnärztin …«

Nicht das auch noch: nicht auch noch Geiz und Neugierde auf den Verdienst von Zahnärzten! Ich muss an Mariella Mayer denken, der wäre längst etwas eingefallen, wie man diesen Achim auf der Stelle weitgehend rückstandsfrei himmeln könnte. Von hemmungslosen Sauereien war die Rede gewesen, aber bis jetzt – weit nach Mitternacht! – haben wir noch nicht einmal ganz konventionell gebumst. Klassik oder Kuschelrock, und dieser ganze banale angelesene Bockmist! Eigentlich hätte dieser Beischlaf-Hochstapler einen ganz jämmerlichen Abgang verdient, inmitten dieser jämmerlichen Nacht. Mein Hirn rattert auf Hochtouren: Dieses billige Hotelzimmer wäre wirklich ein würdiger Ort für einen jämmerlichen Abgang des Herrn Achim. Soll er doch den traurigen Tod des frustrierten Handelsvertreters sterben: Fenstersturz aus einem Billig-Hotel! Das wäre allemal angemessen. Aber wie anstellen? Wie ihn da rauslocken? Was würde Mariella tun?

»Was machen wir denn jetzt, Kathrin? Ich habe nichts Weiteres vorbereitet ...«

»Na, dem Himmel sei Dank ...«

»Vielleicht sollten wir endlich ganz einfach miteinander schlafen, Kathi.«

»Ach ja? Auf einmal? Gute Idee.«

»Gut. Dann ... tun wir's doch einfach. Wie hätten Sie's gerne? Konventionell? Oder eher raffiniert?«

Nicht schon wieder! Mein Blick fällt auf die Karpfen-Staffelei, und schon kommt mir ein teuflischer Einfall, mindestens einer Mariella Mayer würdig. Ich erinnere mich: Unten vom Parkplatz aus habe ich oben auf dem Hotel eine Art Dachgarten gesehen, nur von einem niedrigen Geländer umgeben. Das müsste funktionieren.

»Passen Sie mal auf, Sie tabuloser Hengst: Ihre kleine Stute will, dass Sie ein Spielchen mit ihr spielen ...«

»Oh. Jetzt werden Sie aber ganz schön hemmungslos, Kathi. Ja, das gefällt mir! Gut, spielen wir ein Spielchen.«

Ich nehme die Staffelei und beuge mich dabei so weit nach vorne, dass Achim einen Blick auf meinen fast nackten Hintern erhaschen muss. Das sollte reichen.

»Ich bin eine kleine Malerin, Achim, die dort oben auf der Dachterrasse mitten in der Nacht ein Bild malt, bei Mondenschein. Und Sie sind ein böser Einbrecher, der vom obersten Stock auf die Dachterrasse hinaufklettert und der kleinen Malerin einfach seinen bösen Einbrecher-Schwanz in die Muschi steckt. Schaffen Sie das, Achim?«

Achims Atem geht hörbar schneller, gut. Nach all dem Bockmist heute Nacht habe ich schon Angst gekriegt, ich wüsste nicht mehr, wie Männer funktionieren. Wenn denn dieser Achim überhaupt so etwas ist wie ein Mann. Aber das wird sich gleich zeigen.

Ich packe mir die blöde Staffelei unter den Arm und mache die Zimmertür auf.

»Sie kommen in drei Minuten nach, Achim, und: Psst!«

»Psst, verstehe. In drei Minuten. Als Einbrecher. Wird gemacht. Sehr gut. Sehr gute Idee. Erregt mich außerordentlich. Und: Pssst!«

Ich steige die Treppe rauf und ich habe so richtig Glück: Die Tür zum Dachgarten ist nicht abgeschlossen. Das hat der Schlesier wahrscheinlich vergessen. Da hätte man sich auch die ganzen Sicherheitskippfenster sparen können. Ich schleiche mich über die schwarze Dachpappe bis zum Geländer, stelle die Staffelei auf und ziehe mich aus, bis auf den schwarzen Bodystocking. Ich stelle mich vor die Staffelei, bücke mich und strecke den Hintern dabei direkt über das niedrige Geländer. Sobald dieser Achim kommt, um den außerordentlich erregten Einbrecher zu spielen, werde ich ihm einfach einen kleinen Stoß versetzen. Und er wird in die Tiefe segeln wie vor ein paar Wochen der Pastor. Die Staffelei lasse ich stehen, alle Welt wird das für einen Unfall halten, weil sich irgendein Idiot beim Nacht-Malen zu weit übers Geländer gebeugt hat. Dann muss ich mich nur noch an dem Alten unten an der Rezeption vorbeischleichen. Und wenn der sich bei eventuellen Nachforschungen an eine Frau erinnern sollte, die den Abgestürzten begleitet hat, dann würden die höchstens noch der frühstücksgeschädigten Ex-Gattin von Achim einen letzten Besuch abstatten.

Ohne den Kopf zu drehen, sehe ich, wie Achim nach exakt drei Minuten durch die kleine Tür auch auf den Dachgarten kommt. Schön, der kommt auch noch zur Hinrichtung pünktlich. Ich muss mir das aufschreiben und an Mariella Mayer mailen, vielleicht kann die das verwenden.

Achim hat immer noch seine Boxershorts an, sonst nichts. Leise schleicht er am Geländer lang, bis er bis auf ein paar Meter an mich rangekommen ist. Ganz ruhig bleiben jetzt. Ich tue so, als würde ich ihn nicht bemerken, und male mit dem imaginären Pinsel was das Zeug hält: Wenn schon, denn schon. Achim steigt über das Geländer, findet irgendwie mit den Füßen Halt auf einer Kante, außen am Dachgarten. Schritt für Schritt arbeitet er sich an mich heran. Er geht völlig auf in diesem albernen Rollenspiel. Ich kann es kaum glauben, dass jemand wirklich so blöd ist. Zwei, drei hangelnde Schritte macht er noch, dann spüre ich ihn direkt hinter mir. Durch meine Schenkel hindurch sehe ich, wie er sich mit einer Hand festhält und mit der anderen versucht, sich die alberne Bruno-Banani-Shorts über den Hintern zu ziehen. Das ist genau der Moment. Und der Hauch von Zweifel, der grade an mir vorbeisegelt wie eine der Wolken am Funkturm, ist wie weggeblasen, als ich sehe, wie Achim da krampfhaft an der Unterhose rumfummelt. Kurz und entschlossen stoße ich meinen Hintern nach hinten, ein kleines Stück nur: Er war ganz dicht an mir dran. Er rudert mit den Armen, sagt »Ohh« und verschwindet nach unten aus dem Blickfeld. Kein Schrei, nichts. Ich bleibe gebückt stehen und warte auf das Geräusch. Man müsste ja etwas hören, beim Aufprall. Trotz des Straßenlärms. Die Sekunden kommen mir lang vor. Und als ich endlich was höre, kommt das nicht aus der Tiefe, sondern ganz unheilvoll aus nächster Nähe:

»Kathi, seien Sie so gut, helfen Sie mir doch eben mal!«

Das gibt es doch nicht! Ich beuge mich über das Geländer. Achim hat sich in dem Stofftransparent, das die Zimmer für 29 Euro anpreist, verheddert. Grade mal einen Meter unterhalb vom Geländer. Bis zur Unterhose ist er zwischen Außenwand und Transparent hineingerutscht, dann war wohl die Spannung der Befestigungsseile so groß, dass er einfach steckengeblieben sein muss. Tut mir leid, Mariella!

Mit der linken Hand erreicht er grade noch die unterste Strebe des Geländers.

»Ich muss abgerutscht sein, Kathi. Entschuldigen Sie bitte.«

»Schon gut, Achim. Kommen Sie!«

Ich reiche ihm die Hand und helfe ihm, sich nach oben zu ziehen.

Zwei Minuten später sitzen wir wieder in Zimmer 1107; die Staffelei liegt zusammengefaltet auf dem Bett.

»Puh, das war knapp. Ich hätte hinunterfallen können.«

»Ja, das hätten Sie, Achim.«

»Aber trotzdem, das war eine gute Idee.«

»Was?«

»Das mit der Malerin und dem Einbrecher. Wenn Sie wollen, können wir es ja hier drin noch mal versuchen, das Zimmer ist ja bezahlt. Oder wir gehen zu mir …«

»Nein danke, Achim.«

»Nein? Na gut. Aber wohin stattdessen? Vielleicht im Wagen?«

»Bitte nicht. Dann eben zu mir, wenn's nicht anders geht …«

Er kramt seine Sachen schnell wieder zusammen, löscht die Kerzen, zieht sich an und wickelt das Packpapier wieder um die Staffelei. Ich gehe schon mal vor, schleich mich am Empfangstresen vorbei und gehe nach draußen, wo das gelbe Cabrio steht. Ich will die Beifahrertür aufmachen, aber die hat er ja abgeschlossen. Also steige ich einfach mit den

Beinen über die verschlossene Tür. Oben ziehen immer noch die Wolken vorbei, es stürmt jetzt richtig.

Durch die Glasfront im Erdgeschoss erkenne ich, wie Achim drin mit dem Nachtportier verhandelt. Wahrscheinlich will er einen Preisnachlass oder er bekommt seinen Ausweis nicht zurück. Ich sehe noch einmal hinauf zu dem Dachgarten und dem 29-Euro-Transparent, das meinen improvisierten Plan so schmählich zunichte gemacht hat. Schon komisch: Für eine halbe Stunde war das Zimmer gar nicht so billig, noch dazu die drei Päckchen Salznüsse à 3 Euro 50. Wahrscheinlich macht der Alte da drin noch Zicken und besteht drauf, dass bezahlte Zimmer auch abgewohnt werden, zumindest bis zum Frühstück, auf der dritten Etage. Und für einen Moment tut mir der gute Achim ein klein wenig leid: Er hat sich so viel Mühe gegeben, mir die Nacht meines Lebens zu bescheren. Aber Mitleid ist so ziemlich das Gegenteil von Erotik.

Ich schließe meine Wohnungstür auf und bitte ihn herein. Achim bleibt mitten im Wohnzimmer stehen, die Aktentasche fest an sich gepresst. Ich gehe zu meiner Kitchenette, gieße mir erst mal einen Whiskey ins Glas und fülle mit Eis auf.

»Sie auch?«

»Nein danke, ich muss noch fahren. Nachher, meine ich.«

»Na gut. Fühlen Sie sich einfach wie zu Hause.«

Ich muss nachdenken. Was ist los mit mir? Warum habe ich diesen Mann nach all dem mit in meine Wohnung gebracht? Um noch einmal zu versuchen, ihn aus dem Fenster zu werfen? Wahrscheinlich würde er hier aus dem dritten Stock Neubau so unglücklich neben sein Miet-Cabrio fallen, dass er sich allerhöchstens ein Bein brechen würde dabei. Mariella Mayer würde mich auslachen.

Achim fühlt sich offenbar wirklich wie zu Hause. Er kniet auf meinem Wohnzimmerboden und untersucht den Laminatbelag. Jetzt steht er wieder auf, inspiziert die glatt verputzten Wände, die Türrahmen und die Türblätter samt den Türgriffen. Sein Blick fällt auf mein großes Eckfenster, das von knapp einem Meter Höhe über dem Boden bis fast unter die Zimmerdecke reicht. An der Südwest-Ecke, wo ich fast immer Sonne habe und von wo aus ich Hanfried Schüttler mit seinem Porsche hatte stehen sehen. Fasziniert geht Achim auf das Fensterelement zu, bleibt davor stehen und zeigt auf einen kleinen Klappstuhl aus Holz.

»Dürfte ich mal?«

»Bitte …«

Er nimmt sich den Stuhl, rückt ihn direkt vor das Fenster und steigt drauf. Was macht der da? Er geht mit den Augen ganz dicht heran an die Wand, oberhalb des Fensters.

»Wunderschön, wirklich. Sehr schöne Arbeit, dieses Fenster. Es ist nur …«

»Was denn jetzt schon wieder?«

»Na ja … also verstehen Sie mich bitte nicht falsch, aber so ein enger Übergang zwischen Fenster und Außenwand bei geringem Deckenabstand an der Wetterseite … das kann schon mal zu Rissen führen, vor allem wenn der Bau nicht genügend lange ausgetrocknet hat. Kommt vor allem vor bei Februar- und Märzbezug. Das ist doch Westseite hier, oder?«

»Ja, Achim, es ist Westseite. Südwest-Seite, um genau zu sein.«

»Sehen Sie!«

Ich trinke meinen Whiskey aus und gieße mir ein zweites Glas ein. Was fasziniert mich an diesem Mann? Ich war selten so ratlos wie in diesem Moment. Ich verspüre eine ganz merkwürdige Lust, ihn in den Arm zu nehmen. So kenne ich mich gar nicht. Irgendetwas stimmt nicht mit mir.

»Hören Sie, Achim: Ich bin nur mal kurz im Bad … Sie können sich ja weiter umsehen, vielleicht finden Sie noch ein paar bauliche Mängel. Und danach könnten Sie sich ja schon mal ausziehen.«

»Selbstverständlich. Ich richte mich ganz nach Ihnen. Schließlich stehe ich in Ihrer Schuld, nach der kleinen Reihe von Missgeschicken heute Abend …«

»Kleine Reihe von Missgeschicken«, das hat er aber schön formuliert. Allmählich macht er mir Spaß, mein lieber Herr Achim. Ich stelle die Stereoanlage an – Kuschelrock! – und gehe ins Badezimmer. Ich drehe den Duschkopf auf die Stellung »Massage« und lasse mir den Wasserstrahl auf die nackte Haut prasseln. Sofort kommt mir Achims Duschverbot wieder in den Sinn und ich muss lachen. Richtig laut sogar. Ich lache mir fast die Seele aus dem Leib und lasse die Dusche dabei prasseln, auf meinen Rücken und an die Kacheln. Sollen die sich doch ablösen von der Mietsache, ist mir doch egal!

Ich weiß nicht, wie lange ich da unter dem Wasserschwall gestanden habe, aber ich fühle mich frisch und voller Lebenslust. Ich trockne mich ab und streife mir einen Hauch von Negligé über. Ich will die Sache mit meinem tabulosen Weichspüler-Hengst endlich zu einem Ende zu bringen. Ich will ihn gewissermaßen belohnen für all das, was er sich so schön ausgedacht hatte. Nicht aus Mitleid, nein. Ich will einfach ganz normal mit ihm schlafen. Und danach mit ihm liegen bleiben, bis die Sonne aufgeht. Viel Zeit ist sowieso nicht mehr.

Im Wohnzimmer ist keine Spur von ihm zu sehen, nur seine Sachen liegen sauber zusammengefaltet neben der Aktentasche. Ich werfe einen Blick ins Schlafzimmer: Da ist er auch nicht. Ich habe einen Verdacht: Leise gehe ich den Flur entlang nach hinten, zu der kleinen Abstellkammer. Tatsächlich, die Tür steht offen: Achim, in seinen Banani-Boxershorts, steht in meiner Zauberkammer.

Ich rühre mich nicht. Kaum atmend sehe ich ihm zu, wie er in der Kammer steht, im schummrigem Rotlicht, mit großen Augen, vor meiner Abrichtbank. Er sieht sich alles ganz genau an, die Peitschen und die Riemen, die in den Wandösen hängen. Aber er guckt nur, er fasst nichts an. Er geht zu der schwarzen Kommode, auf der meine Toys liegen wie Handschellen, Dildos und Ledermasken. Er starrt die zwei schwarzen Body-Harnesse an, als könne er gar nicht glauben, dass die nur aus Lederriemen und Stahlringen bestehen.

Nach dem Abschied von Hanfried Schüttler im Tunnel hatte ich mir in der Abstellkammer ein kleines privates Sadomaso-Studio eingerichtet. Ich hatte gemerkt, dass mir Fesselspiele doch irgendwie Lust verschaffen konnten. Insbesondere ohne die Anwesenheit von Hanfried Schüttler. Allzu oft habe ich das Studio noch nicht benutzt, aber vielleicht wäre jetzt eine gute Gelegenheit. Am Ende will Achim das ja, und er getraut sich's nur nicht zu sagen. Zumal er völlig fasziniert ist von meinem bescheidenen Bondage- und SM-Equipment.

Plötzlich hört er mich atmen, dreht sich um und erschrickt fast zu Tode.

»Entschuldigen Sie bitte, Kathrin. Ich wollte nicht indiskret sein.«

»Schon gut. Möchten Sie?«

Achim zögert. Wenigstens scheint ihm klar zu sein, was ich meine.

»Ich bin in diesen Dingen allerdings nicht sonderlich versiert, Kathrin …«

»Das macht nichts. Gemeinsam schaffen wir das schon.«

»Das ist sehr lieb von Ihnen, Kathrin. Kathi, meine ich.«

Ich nehme ein Harness aus Leder-Riemen von der Wand und lege es Achim in die Hand.

»Wenn Sie möchten, dann legen Sie das an, am besten draußen im Bad. Wenn Sie so weit sind, kommen Sie wieder herein, ohne zu klopfen bitte. Sie übernehmen den dominanten Part.«

»Dominanter Part, verstehe. Das kriege ich hin.«

»Das Codewort ist ›Espresso‹. Dann ist für beide Seiten sofort Schluss, ja?«

»Expresso, klar. Und dann ist auf der Stelle Schluss. Gut.«

Achim geht ins Bad, lässt aber die Tür offen stehen. Über den Spiegel in der kleinen Kammer sehe ich, wie Achim dasteht und versucht, sich das Riemengeflecht anzulegen. Was gar nicht so einfach ist, wenn man das zum ersten Mal macht. Ich streife mir auch schnell auch ein Lederkorsett über, lege mich auf die Bank und befestige schnell ein paar Riemen über meinem Körper, aber so, dass ich sie jederzeit wieder aufbekomme. Ich spüre eine eigenartige Erregung. Gleich wird er hereinkommen, mein Meister Achim. Ich weiß genau, dass er mir nichts tun wird, aber trotzdem fiebere ich darauf, dass er mir sagt, wo's langgeht. Und wenn nicht, dann eben nicht. Das ist auch schon egal.

»Hier bin ich, Kathi.«

Das Lederharness hat er an. Seine schwarze Unterhose leider auch. Und wenn schon.

»Achim, ziehen Sie sich bitte eine Ledermaske über und nehmen Sie die Peitsche, die da hängt. Und dann schlagen Sie mich. Ich war böse, Meister.«

Was ja in gewisser Hinsicht auch stimmt.

Achim nickt, nimmt sich vorsichtig Maske und Peitsche von der Wand.

»Bestehen Sie auf der Ledermaske? Ich würde lieber ohne …«

»Wie Sie möchten. Von mir aus können Sie anfangen. Das Codewort kennen Sie ja.«

»Gut. Codewort ist bekannt. Dann fange ich jetzt an, Kathi.«

»Nun machen Sie schon.«

Er holt tief Luft.

»Ich schlage dich, du Hure!«

Wie ein Bestrafer klingt er nicht, wirklich nicht. Ich muss mir schon wieder ein Kichern verkneifen. Die Situation ist einzigartig, das muss ich zugeben. Er lässt die Peitsche noch einmal sinken.

»Also ich schlage Sie jetzt wirklich, ja?!«

»Nun schlagen Sie schon!«

»Ich schlage erst mal nicht allzu fest. Ich will Ihnen nicht wehtun. Wenn's Ihnen zu viel wird, dann sagen Sie es. Das Codewort heißt ›Expresso‹, nicht wahr.«

»Nun fangen Sie schon an, sonst schlage ich mich alleine.«

»Gut. Wie Sie wollen.«

Ich fange schon mal an zu wimmern und zu jammern.

»Nicht schlagen, Meister, bitte nicht schlagen, bitte nicht. Ich will auch nie wieder böse sein! Nie wieder!!!«

Völlig konsterniert hält er mit der Peitsche inne.

»Also wenn Ihnen das nicht recht ist, dann lassen wir's.«

Da bricht's aus mir raus und ich brülle ihn an:

»Nun schlagen Sie schon, Sie komischer Achim, Sie!!!«

»Brüll mich nicht an, du Hure!!!«

Dabei brüllt er mit einem Mal so laut, dass ich nun doch ein wenig erschrecke.

»Also, übertreiben müssen Sie nicht gleich, Achim …«

»Halts Maul, Hure!! Ich schlag dich jetzt!«

»Bitte nicht, mein Meister. Ich tue alles, was du willst …«

»Ja, und ich will, dass du jetzt kriegst, was du willst, du Schlampe, du verhurte. Schläge kriegst du!!!«

Jetzt habe ich doch ein klein wenig Schiss. Ich wimmere, das gehört zum Spiel. Er muss ja nicht merken, dass ich gar nicht spiele.

»Gut so für Sie, Kathi?«

»Ja, Sie hören doch, wie ich wimmere! Machen Sie doch weiter jetzt!«

»Ja, wimmer nur, das nützt dir nichts!! Das hätten Sie sich früher überlegen müssen, Sie …!«

Er holt mit der Peitsche aus, hebt seinen Arm ganz nach oben, um das neunschwänzige Ungeheuer von weit oben herabsausen zu lassen. Und was, wenn er mir jetzt wirklich wehtut? Er zieht durch nach unten und – ich gucke nach oben: Die Riemenenden der neunschwänzigen Peitsche verfangen sich in einer der Wandketten. Der Schlag wird im unteren Drittel des Weges ausgebremst. Achim holt in seinem Drang noch mal aus, diesmal mit mehr Kraft, zieht den Griff der Peitsche mit voller Kraft nach unten, aber im selben Moment wird die Belastung für das Material zu hoch und der Griff löst sich mit einem Ruck vom Rest der Peitsche. Achim steht da, mein armseliges, zwölf Zentimeter langes Stück

Peitschengriff in seiner Hand, während die losgerissenen Überreste der Peitsche hinter ihm an der Wand hängen, hoffnungslos in den Ketten und Ösen verfangen.

»Entschuldigen Sie bitte, Kathrin. Das … ist mir außerordentlich peinlich. Ich … ich werde Ihnen das selbstverständlich … äh … ersetzen. Alles. Alles ersetzen.«

Ich löse die Riemen, setze mich auf meine Folterbank und lege mir ein Handtuch über den Leib.

»Lassen Sie mal. Das war sowieso ein Sonderangebot.«

Achim ahnt wahrscheinlich nicht einmal, wie süß er aussieht in seinem Riemengewand über der schwarzen Boxershorts, den kaputten Peitschengriff in der Hand. Das ist wirklich die merkwürdigste Nacht, die ich seit Langem erlebt habe.

Und die soll jetzt zu Ende sein?

Mariella Mayer hätte diesen Achim schon längst liquidiert, beim ersten Murks wahrscheinlich, spätestens beim zweiten. Ich habe es ja versucht, aber selbst beim Sturz von der Dachterrasse des Iltis-Hotels hat Achim sich in widrigen Details verheddert, wie immer. Und ich werde das Gefühl nicht los, ich könnte mich auch verheddert haben. Bei meinem Absturz, irgendwo mitten hinein in die widrigen Details von Achims harmloser Psyche. Ich werde nicht mehr schlau aus mir. Ich weiß nur, dass ich mit diesem Achim noch nicht fertig bin.

Er hat seinen Anzug wieder an, steht vor mir, die Aktentasche unter den Arm geklemmt.

»Was bin ich Ihnen schuldig für die Peitsche?«

»Schon gut, Achim. Die setze ich ab. Als Praxis-Bedarf für widerspenstige Patienten.«

Achim weiß offenbar nicht, ob er das als Scherz auffassen soll. Und genau das reizt mich so an ihm.

»Vielen Dank. Aber ich denke, es ist besser, wenn ich jetzt mal gehe, Kathi.«

»Wenn Sie möchten, fahre ich Sie noch nach Hause, Achim.«

»Das ist nett, aber ich muss den Mietwagen noch abgeben.«

»Das dachte mir, Achim. Ein Sonderangebot?«

»Ja. Aber ich muss ihn bis 7 Uhr wieder in der Filiale Müggelsee abgeben, sonst ist die ›Hot-night-Flatrate‹ hinfällig und ich müsste den vollen Preis bezahlen.«

»Schön. Dann begleite ich Sie eben da noch hin.«

Und sein Blick strotzt wieder von genau dieser bodenlosen Naivität, die mich so anmacht.

KAPITEL VIII

Von Bozen nahm ich einen Eurocity nach München, von dort aus bin ich, nach nur einer Stunde Aufenthalt, im Nachtzug NZ 1900 zurück nach Berlin gefahren. Ich musste mir das Zweier-Abteil mit einer älteren Dame aus München teilen, die ihre Tochter in Berlin besuchen wollte. Die Tochter war Journalistin, blöderweise bei einer Klatsch-Kolumne. Und die Frau Mutter hat nicht aufgehört, mir auf Bayrisch brühwarm irgendwelche dubiosen Indiskretionen über angebliche Berliner Prominente zu erzählen. Vor allem aus deren Privatleben. Wobei ich schnell zu der Vermutung gelangte, dass die gute Frau einen Großteil der Anzüglichkeiten höchstselbst dazuerfunden hatte. Was gingen mich Details aus dem Eheleben eines Staatssekretärs im Finanzministerium an? Ich wollte das weder wissen noch es mir vorstellen, also bin ich in den Speisewagen geflohen. Der Kellner sah sehr gut aus, unverschämt attraktiv geradezu, mit seiner Glatze. Dazu war er charmant, hatte ein Lächeln und einen Wortwitz, der sogar einem altgedienten Schlafwagenschaffner ein kurzes Aufhellen der eingleisigen Gesichtszüge entlocken konnte. Den größten Teil des Speisewagens hatte eine Gruppe von Fußballfans in Beschlag genommen, die aber nicht gespeist, sondern nur Flaschenbier getrunken haben. Das dafür umso ausgiebiger. Dabei veranstaltete die rollende Fanmeile einen solchen Radau, dass ich schon befürchtete, die Polizei könnte den Zug am nächsten Bahnhof auf ein abgelegenes Abstellgleis schieben, um nächtlicher Ruhestörung entlang der Strecke vorzubeugen. Um zwei Uhr nachts schloss der Speisewagen, und ich musste zwangsläufig zurück ins Journalistinnenmutter-Abteil. Meine Mitreisende litt zusätzlich zu ihrem krankhaften Mitteilungsbedürfnis auch noch an Schlaflosigkeit. Und redete in einem fort. Irgendwann war ich nach meinem Tunnel-Erlebnis und dem anschließenden Fußmarsch in Richtung Dorf so müde, dass mir trotz des Mischlärms aus Schienengeratter, Fußballer-Geplärre und bayrischem Altweibergeschnatter einfach die Augen zugefallen sind.

Zurück in Berlin hatte ich eigentlich nur einen Gedanken: Wie viel hatte Hanfried Schüttler wirklich gewusst? Und, vor allem: Hatte er tatsächlich, wie angedroht, einen Schriftsatz beim Staatsanwalt deponiert? Was sollte ich tun? Beim Staatsanwalt anrufen und sagen, ich sei die Sekretärin von Herrn Dr. Schüttler und der Herr Staatsanwalt möge mir den Umschlag doch noch einmal zurückschicken, Herr Dr. Schüttler würde gern noch ein paar Details überarbeiten? Mir diese Geschichte abzukaufen, so blöd war wahrscheinlich kein Staatsanwalt der Welt.

Die Reste von Schüttler mussten ja wohl auch zur Beisetzung nach Deutschland gebracht werden, spätestens dann würde auch die Staatsanwaltschaft von seinem Tod erfahren. Und den Umschlag öffnen, wenn es ihn überhaupt gab.

Ich hatte Angst. Auch wenn es keinen Umschlag gab, hatte mich vielleicht irgendjemand damals im »Maison du Bois« zusammen mit Schüttler gesehen. Oder jemand vom Personal der Hotels, in die Schüttler mich zu seinen Verschnürungs-Vorlesungen einbestellt hatte, könnte sich an mich erinnern. In Fernsehkrimis jedenfalls wurden durch solche Zufälle oft die Täter geschnappt.

Nur die Entsorgungs-Spezialistinnen in Mariella Mayers Romanen sind durch die Bank ungeschoren davongekommen.

In den Tagen nach Schüttlers Tunnel-Exekution war ich ein wenig verwirrt und manchmal wusste ich nicht mehr so genau, was Realität war und was Fiktion. Es war mir zum ersten Mal in den Sinn gekommen, dass ich als Zahnärztin ja auch den hippokratischen Eid geleistet hatte. Ich habe mich gefragt, ob der in meinem Fall nur für Zahnbehandlungen galt oder sich auch auf das Herbeiführen von Unfällen erstreckte, speziell in Bad Schandau, Bad Sülze oder in Südtiroler Tunneln. Es war mir natürlich klar, dass die Argumentation, ich hätte die drei Männer nur ihrem naturgegebenen Schicksal zugeführt, albern war. Aber bei Weitem nicht abstrus genug, um damit vor Gericht, wenn es je zu einem Prozess kommen würde, auf bedingte Schuldfähigkeit plädieren zu können. Dr. jur. Hanfried Schüttler jedenfalls konnte mich da nicht mehr raushauen.

In diesen schrecklichen Tagen habe ich zwei Plomben vermurkst, einer älteren Patientin ins Zahnfleisch gebohrt und zwei Zahnarzthelferinnen entlassen. Am dritten Abend nach dem Tunnel saß ich in meiner Wohnung und vertilgte die Whiskey-Reste und die Schokolade, die Jens Reimar Brillich übrig gelassen hatte. Und wie eine Halbdebile zappte ich durch die Fernsehprogramme. Gegen 22 Uhr habe ich einen öffentlich-rechtlichen Kanal erwischt, wo eine selbsternannte Literaturpäpstin mit Mariella Mayer auf einer Couch saß und die beiden für Mariella Mayers neues Buch Werbung machten. »Hinfort mit ihm!« hieß das neue Werk und diesmal enthielt es praktische Tipps, wie man sich von ungeliebten Liebhabern trennen kann, *ohne* sie abzumurksen. Mir ist der Gedanke gekommen, mit Mariella Mayer Kontakt aufzunehmen. Mich ihr zu offenbaren. Einfach mal mit ihr Kaffeetrinken zu gehen und zu erzählen: Kuck mal, Mariella, so habe *ich* das gemacht! Das mit dem Kirchturm war doch ganz gut, oder findest du als Expertin die Tunnel-Variante besser?

Je länger ich dem Geplauder der beiden Frauen jedoch zuhörte, umso abwegiger kam mir der Gedanke vor. Mariella Mayer hat immer wieder auf die Ironie in ihren Büchern abgehoben. Es werde ja wohl kein vernünftiger Mensch auf die Idee kommen, diese Satire mit einer konkreten Handlungsanweisung zu verwechseln. Weibliche Ironie sei eben oft die einzige Form, sich gegen die Allmacht der Penetratoren zu wehren. Na dann.

Klar, es wäre blanker Unsinn gewesen, mit Mariella Mayer Kontakt aufzunehmen. Die wäre wahrscheinlich sofort zur Polizei gerannt, um nicht selbst noch etwas an den Hals zu kriegen wegen »Anstiftung zum Männermord« oder zumindest »intellektueller Beihilfe« dazu. Und diese Literaturpäpstin würde ihre Mariella todsicher in öffentliche Medien-Schutzhaft nehmen, so verschwestert, wie die beiden da auf der Couch herumgeschnattert haben. Schade. Bei diesem pseudoliterarischen Kaffeeklatsch hatte eigentlich nur noch Jens Reimar Brillich gefehlt.

Zwei Tage später stand es dann in den Zeitungen: Der bekannte Scheidungsanwalt Dr. Hanfried Schüttler sei in Italien einem tragischen Unfall zum Opfer gefallen. Die italienischen Behörden hatten erstaunlich schnelle Arbeit geleistet. Schüttler sei, so hieß es offiziell, auf einem kleinen Sträßchen mit vermutlich überhöhter Geschwindigkeit gefahren, der

Wagen habe sich in einem Tunnel quergestellt und sei dann unglücklicherweise mit zwei Lastwagen kollidiert. Wegen eventueller Mitschuld wurde auch, hieß es, gegen die beiden Lastwagenfahrer ermittelt, die der Berliner Society ihren geliebten Scheidungsanwalt genommen hatten. Eine Boulevardzeitung hatte sogar ein unterbelichtetes und ziemlich verschwommenes Foto des geschredderten Porsche gedruckt: Es mussten ihn wirklich beide Laster voll breitseits erwischt haben. Man hat auch einige Prominente zu Wort kommen lassen, vorzugsweise von Schüttler geschiedene Manager, Schauspieler und Gewerbetreibende.

»Wozu sollte man jetzt noch heiraten, wenn man nicht mehr von Schüttler geschieden werden kann?«, hatte ein Prominenten-Friseur das Ableben meines Scheidungsanwalts in einer Kolumne kommentiert.

Jedes Mal, wenn in diesen Tagen das Telefon klingelte, bin ich erschrocken. Dass Schüttler nicht mehr war, musste sich jetzt natürlich auch bis zur Staatsanwaltschaft herumgesprochen haben. Und wenn es wirklich einen Umschlag bei der Staatsanwaltschaft gegeben hatte, musste den wohl jetzt jemand geöffnet haben. Sollte mir jetzt mit jedem Telefonklingeln das blühen, was Hanfried Schüttler auf Brücken und in Tunneln durchlitten hatte? Aber es hatte keinen Zweck, mich zu verleugnen. Ich konnte schließlich auch die Praxis nicht zumachen, das Telefon dort musste auf jeden Fall besetzt sein. Also habe ich mich statt mit meinem Namen immer nur mit einem knappen »Hallo« gemeldet, oder ich hatte den Anrufbeantworter eingeschaltet.

Eines Abends kurz vor Sprechstundenschluss habe ich aus Versehen selbst abgenommen. Aber es war kein Staatsanwalt, es war nur meine Freundin Sylvia. Was in mancher Hinsicht auf ähnlichen Stress hinauslaufen konnte. Sie fragte, ob ich schon vom Tod meines Anwalts gehört hätte. Wir haben uns gleich für 21 Uhr im »Yamagoti« verabredet, denn ich hatte den ganzen Tag kaum etwas gegessen.

Ich habe eine Holzfäller-Portion Sushis in mich hineingeschlungen, während Sylvia ununterbrochen gequasselt hat. Sie wollte mich überreden, mit ihr auf die Beisetzung von Hanfried zu gehen. Schließlich würde ich dem Scheidungsanwalt quasi ein neues Leben verdanken, weil er mich quasi aus der Hölle des studentinnenvögelnden Dixie-Fans Guido befreit hätte.

»Kathrin, da laufen morgen am alten Schöneberger Friedhof bestimmt jede Menge Promis auf, da müssen wir einfach dabei sein!«

»Was soll ich da, Sylvia? Der Kerl war doch ein Ekel … allein wie der mich nach der Verhandlung vor dem Gerichtssaal angegrabscht hat …«

»Ja, Kathi, das hättest du wohl gern gehabt, was?!«

Ein Wort hat das andere gegeben. Sylvia hat mich aufs Übelste beschimpft: Ich sei auf dem besten Wege, eine verstaubte Männerhasserin zu werden.

»Ich bin doch nicht verstaubt! Ich habe Spaß an meinem Beruf und muss nicht auf Beerdigungen von widerlichen Promi-Anwälten herumlungern, nur um mich wichtig zu machen!«

»Du hast sie ja nicht mehr alle! Dir ist wohl dieser Mist von dieser Mariella Mayer zu Kopf gestiegen!?«

»Wer hat mir denn diesen Mist geschenkt?«

Sylvia saß mir gegenüber und starrte mich an wie eine Irre.

»Pass mal auf, du kleine Zahnfee: Diese Mariella Mayer ist eine halbgare frustrierte Feministin, die mit ihrer Männermord-Kacke eine Marktlücke gefunden hat und abkassiert. Die ist doch zu blöd, einen anständigen Satz zu formulieren! Geschweige denn, Geschichten mit Tiefgang zu erfinden, von einem unverwechselbaren Schreibstil gar nicht zu sprechen! Das ist keine Literatur, das ist Schund für frustrierte und verstaubte Brigitte-Leserinnen wie dich!«

»Ich bin nicht frustriert, Sylvia!«

»Aber bis zum Anschlag! Wenn man schon eine bindungsunfähige Neurotikerin ist wie du, dann sollte man sich wenigstens ab und zu mal ordentlich vögeln lassen!«

»Von einem wie Schüttler, oder wie?«

»Komm, Kathi-Schätzchen, spiel hier nicht auch noch die Naive! Wahrscheinlich bist du auf Schüttler scharf gewesen, und zur Strafe gehst du nicht zu Hanfrieds Beerdigung. Das ist doch kindisch, Kathi! Infantil ist das!«

Die Gäste um uns herum im »Yamagoti« haben alle mit gesenkten Häuptern brav ihre Sushis gegessen und mit ganz großen Ohren zugehört. Aber Sylvia hat nicht aufgehört herumzupöbeln.

»Weißt du, was dir fehlt: dass dir einer wie der Schüttler mal 'ne richtige Implantation verpasst in deinem weißen Kittel, auf deinem blöden Behandlungsstuhl!«

»Vorher hätt' ich ihn abgestochen, das sag ich dir!«

»Eine verklemmte, verbitterte alte Frau bist du, Kathi! Wird Zeit, dass dir das mal jemand sagt!«

Das hatte gereicht! Ich habe ganz ruhig einen 100-Euro-Schein auf den Tisch gelegt, mich zu den anderen Gästen umgedreht und mit völlig entspannter Stimme gesagt:

»Entschuldigen Sie bitte, aber die Anfälle meiner Patientin kommen in Schüben und sind leider nicht vorhersehbar.«

Dann bin ich abgerauscht.

Immer wieder, in Schüben, kam die Angst. Das Telefon habe ich oft nicht abgenommen, meistens war sowieso der Anrufbeantworter eingeschaltet. Aber es kam kein Anruf, der auch nur im geringsten Zusammenhang mit Schüttler gestanden hätte. Ich war so paralysiert bei jedem Klingeln, dass ich mich vermutlich nicht einmal gewundert hätte, wenn Schüttler selbst am Apparat gewesen wäre und mich einbestellt hätte, in ein Hotel in der Nähe vom Schöneberger Friedhof. Über die Beisetzung ist ausgiebig berichtet worden: Die Liste der dort gesichteten Prominenten war endlos, die Ansprachen mussten es auch gewesen sein. Auf einem der Fotos hatte ich sogar Sylvia erkannt, neben den Herren der Anwaltskanzlei »Schüttler, Karge, Karge und Partner«. Natürlich ohne Schüttler. Ich war selber schuld, solchen Mist überhaupt zu lesen. Schüttler war gegessen, und damit basta.

Das musste sich auch Guido gedacht haben, denn mein geschiedener Alptraum hat eines Abends angerufen, etwa eine Woche nach dem Tunnel. Er schwafelte irgendetwas von gütlicher Einigung, von einem Treffen, auf einen Kaffee vielleicht. Ich habe nur gesagt, dazu bestünde nicht der geringste Anlass, schließlich gingen seine Zahlungen ordnungsgemäß und pünktlich auf meinem Konto ein. Guido hatte ein meckerndes Lachen losgelassen: Genau darüber sollte man auch reden. Er würde sich nämlich vorbehalten, jetzt, nach dem Hinscheiden dieses Blutsaugers Dr. Schüttler, den Scheidungsprozess noch einmal aufzurollen. »Mach das, Guido. Kannst ja schon mal eine Dixie-Kapelle bestellen, wir sehen uns dann vor Gericht.«

Weitere Anrufe von Guido sind ausgeblieben, auch die Staatsanwaltschaft hat sich nicht gemeldet. Schüttler hatte also doch nur geblufft.

Ein paar Wochen danach war ich auf die Idee gekommen, mir in der kleinen Abstellkammer in meiner Wohnung eine Art Studio einzurichten. Mit Ketten, Fesseln und einer Bank. Ich hatte mir eingestehen müssen, dass mich der Gedanke an Fesselspiele erregte. Also habe ich eine ausrangierte Behandlungsbank aus der Praxis in die Kammer geschafft und bin nach Leipzig gefahren, um mir dort unerkannt einen Koffer voll SM-Bedarf zu besorgen. In der Kammer hatte ich mich dann hin und wieder selber in Ketten gelegt und mich mit diversen Spielzeugen vergnügt. Äußerst erfolgreich sogar. Zu dieser Zeit fing ich auch an, im Internet herumzusurfen und mich auf erotischen Seiten einzuloggen. Unter dem Pseudonym »LuxusStutemitHirn« habe ich mich im »Club d'Amour« angemeldet. Das sollte angeblich ein Forum für stilvolle Erotik sein, aber man hätte das eher »Proleten aller Bundesländer, vereinigt Euch!« nennen sollen. Je mehr ich da drin herumsurfte, desto mehr widerte mich das an. Vor allem die Rechtschreibfehler sind mir irgendwann so auf die Nerven gegangen, dass ich mich schon fast wie eine Deutschlehrerin aufgeführt und keine erotischen Kommentare beigesteuert habe, sondern nur noch orthografische Hinweise und Ratschläge zur Interpunktion. Das dämliche Sprichwort von wegen »Dumm bumst gut« ist seitdem, was mich betrifft, ein für alle Mal ad absurdum geführt. Wenn einer oder eine nicht einmal einen anständigen Halbsatz formulieren kann, dann vergeht mir doch die ganze Lust, allein bei der Vorstellung, dass mir so ein Sprachstammler irgendeine erotisch gemeinte Sauerei mit falschem Tempus oder falschem Kasus ins Ohr flüstern würde. Einmal musste ich sogar an Jens Reimar Brillich denken, mit seinem Gerede von der Banalisierung und Profanisierung der Erotik. Ich hatte mir schon überlegt, ob ich unter seinem

Namen posthum einen gnadenlosen Rachefeldzug gegen sprachliche Mängel beim Dirty talking lostreten sollte. Aber mir wurde dann ohnehin von mehreren notorisch geilen Analphabeten nahegelegt, mich aus diesem Forum wieder auszuklinken.

Ansonsten ist in mein Leben wieder so etwas wie Normalität eingekehrt: Die Arbeit hat mir wieder Spaß gemacht und die Praxis hat gebrummt wie nie zuvor. Eine tüchtige Helferin hatte ich auch gefunden, ein junges Mädchen namens Daniela aus Ottendorf-Okrilla bei Dresden. Mit ihrem Fleiß und ihren geschickten Händen hat sie ihren sächsischen Dialekt mehr als wettgemacht.

Gänzlich haben mich natürlich meine Opfer, die mittlerweile alle als »Unfallopfer« in die Kriminalstatistik eingegangen waren, freilich nicht in Ruhe gelassen. Oft habe ich drüber nachgedacht, wieso es mir nicht gelungen war, die Affäre mit Jens Reimar Brillich zu einem passenden Zeitpunkt zu Ende bringen. Als sich abgezeichnet hatte, was der Mann für ein Schwätzer gewesen war, zum Beispiel. Ich hätte einfach nur Schluss machen müssen. War es Mitleid gewesen, wegen des angeblichen Tumors? Wahrscheinlich hatte sich Brillich den nur ausgedacht. Hatte ich einfach Angst gehabt, allein zu sein? So sehr ich mir das Hirn auch zermartert habe, eine befriedigende Antwort habe ich nicht gefunden. Professionelle Hilfe eines Therapeuten hätte nur Sinn gehabt, wenn ich dem alles, aber auch wirklich alles erzählt hätte. Und das konnte ja nicht der Sinn sein: Da hätte ich gleich den nächstbesten Staatsanwalt um Rat fragen können.

Einmal, an einem Sonntag, bin ich sogar nach Bad Sülze gefahren, hatte mir einen Fotoapparat umgehängt und mir die Kirche angesehen. Oben am Kirchturm war das schadhafte Gerüst erneuert worden und auf dem Dach des Turms waren Dachdecker zugange, die freilich bei ihrer Herumturnerei vorschriftsmäßig gesichert waren. Ich bin schnell wieder verschwunden, denn ich habe keine Lust gehabt, Forchenbecks verwitweter Gattin über den Weg zu laufen, die mir ja zumindest von den Altarfotos her nicht gänzlich unbekannt war.

Oft saß ich nachts allein in meiner Wohnung und dachte an meine Jugend. An die Zeit, in der das mit den Männern angefangen hatte. An den unsäglichen Jens mit seiner labbrigen Turnhose und dem langen Hals. Und an Matze, den Laser-Segler, der oben in Kiel deutscher Jugendmeister in der Laser-Klasse geworden war. Und der mich im Rausch der Siegesfeier hinten im Bootshaus vernascht hatte. Leider nur einmal. Ich habe ihm nie gesagt, dass das für mich das erste Mal gewesen war, denn Matze hat die Mädchen geliebt und die haben ihn geliebt, fast alle. Und ich habe damals immer nur die Jense abgekriegt.

Ich wäre froh gewesen, wenn ich meine ganzen Gedanken und Grübeleien einfach hätte irgendwo hinunterschmeißen können, so wie diesen Brillich. Oder wie meinen Ullrich Forchenbeck, den ich zu seinem Schöpfer und obersten Dienstherrn geschickt habe, einen nackten Frauenkörper samt Kirchturmdach auf der Netzhaut eingebrannt. Und der Geist von Dr. jur. Hanfried Schüttler geiferte auch immer noch in meinen Träumen herum. Dabei hätten mir all seine Weiber und Scheidungsopfer eine Medaille umhängen sollen, als Dank dafür, dass ich Schüttler da gelassen habe, wo er hingehört: in einem dunklen Tunnel, zwischen zwei Kieslastern. Aber wenn ich wenigstens ansatzweise zufrieden weiterleben wollte, musste ich mit diesem Grübeln aufhören. Das führte zu nichts, das drehte sich nur im Kreis. Das habe ich in diesen Wochen begriffen: Gedanken sind nun einmal schwerer zu entsorgen als Männer-Müll.

Dabei könnte doch alles ganz einfach sein in unserer vernetzten Welt. Morgen, wenn ich aus der Praxis komme, nahm ich mir vor, suche ich mir aus dem Rammelforum für stilvolle Erotik einfach wieder einen heraus. Einen richtig geilen Kerl. Einen, der nicht reden, sondern nur vögeln will. Einfach mal wieder eine unkomplizierte Nummer durchziehen, für eine Nacht. Männer, die nur genau das eine wollen, gibt es ja schließlich genug. Sollte man meinen, in einer freien Marktwirtschaft.

KAPITEL IX

Ich lasse den gelben Fiat Barchetta über die leere Straße brettern. Das dreispurige Adlergestell ist um diese Zeit noch nicht vom Stau geplagt. Das Rasen macht mir Spaß, nach dieser Nacht. Auch wenn ich tausendmal weiß, dass es ökologischer Unfug ist, sich Lustgewinn aus dem Durchtreten von Gaspedalen zu verschaffen. Vor vier Stunden hätte ich mir noch überlegt, was ich mit dem Cabrio anstellen könnte, um diesen Achim damit eine letzte Himmelfahrt zu verschaffen. Und zwar so, dass alles nach einem Unfall aussehen würde und ich ungeschoren davonkäme. Aber wenn ich ehrlich bin: Wie hätte ich lebend aus dem Cabrio herauskommen sollen, wenn ich das Ding frontal gegen einen Brückenpfeiler gesetzt hätte? Mariella Mayer wäre sicher etwas Besseres eingefallen. Ich bin eben keine Mariella Mayer. Genauso wenig wie Achim ein Robert Redford ist.

Und wenn schon: Jetzt finde ich ihn wieder süß, meinen Achim, wie er auf dem Beifahrerplatz sitzt und die Aktentasche auf seinem Schoß festkrallt. Der Fahrtwind weht ihm ins Gesicht, weil das Verdeck immer noch offen ist. Einen nochmaligen Versuch, des Faltdachs Herr zu werden, hat er uns erspart. Wozu auch, im Osten schimmert der Horizont schon hell: Man ahnt die aufgehende Sonne bereits. Und es regnet nicht mehr. Aber schöne Augen hat er, mein Achim, und er sieht auch ein bisschen aus wie ein Abenteurer, jetzt, wo der Fahrtwind in seinen Haaren spielt.

»Der fährt sich ganz gut, nicht wahr, Kathi? Das können sie, die Italiener. Sportwagen bauen. Und Expresso machen.«

Es stört mich überhaupt nicht mehr, dass er schon wieder »Expresso« sagt. Vielleicht sage ich einfach auch mal »Expresso«, einfach so aus Spaß. Man muss ja nicht immer alles richtig machen, das bringt sowieso nichts. »Kathi, ich finde, das ist ein schöner Ausklang für unsere Nacht. Ich hatte mir das einfacher vorgestellt mit so einem Blind Date.«

»Ich auch, Achim.«

»Wenn Sie möchten, treffen wir uns eben noch mal. Nächste Woche vielleicht. Nächste Woche Dienstag. Dienstag wäre gut bei mir. Bis Dienstag könnte ich auch etwas vorbereiten …«

»Mal sehen, Achim.«

Ich gebe noch ein bisschen mehr Gas. Und sehe, wie Achim sich mit der rechten Hand im Polster des Beifahrersitzes festkrallt und mit der linken die Aktentasche noch fester in den Schoß presst.

»Wir müssen gar nicht so schnell fahren, Kathi: Bis sieben habe ich Zeit. Jetzt ist es viertel nach fünf. Das war nämlich ein Sonderangebot, über die Nacht. Ich muss den Wagen nur bis sieben Uhr wieder da in Erkner abgeben, wo ich ihn abgeholt habe. Wir können ruhig langsamer …«

»Vielleicht fahre ich schnell, weil's mir Spaß macht. Können Sie sich das vorstellen, nach dieser Nacht?«

»Es tut mir leid, Kathi.«

»Ihnen tut immer alles leid, Achim.«

»Das tut mir auch leid.«

»So viel Bockmist wie heute Nacht ist mir selten untergekommen. Expresso.«

Achim hebt betreten die Hände.

»Wenn Sie möchten, halten Sie da vorne, ich rufe Ihnen ein Taxi. Auf meine Kosten natürlich. Und die Peitsche …«

»Machen Sie's doch nicht alles noch komplizierter! Halten Sie doch einfach mal die Klappe.«

Er nickt. Zustimmend, immer wieder.

»Genau das ist es, Kathi: einfach mal die Klappe halten. Aber ich wollte Sie eben nicht einfach nur abschleppen und – Verzeihung – durchbumsen …«

»Warum haben Sie's nicht einfach getan, Achim?«

Er schluckt und kaut sich auf der Unterlippe rum.

»Ich wollte, dass es für uns beide etwas Unvergessliches wird … auch für Sie!«

»Ist's ja auch geworden.«

»So sehen Sie das also.«

»Ja, so sehe ich das.«

Ich schalte in den dritten Gang runter und trete voll aufs Gas. Der Barchetta macht noch einen Satz nach vorne, der Drehzahlmesser steht kurz vor dem roten Bereich. Der Wagen rauscht mit gut 140 Sachen über das Adlergestell.

Achim kuckt starr nach vorne. Vielleicht hofft er insgeheim auf eine Radarkontrolle, die mich einbremst. Oder er denkt, dass jetzt mit einem Strafmandat bei diesem Tempo sein finanzieller Vorteil des Mietwagen-Sonderangebots beim Teufel wäre. So tickt der doch! So einer hat mir gerade noch gefehlt. Ein richtiger Brötchenholer ist das. Kann ich mir gut vorstellen, dass die Frau wahnsinnig geworden sein muss, wenn der ihr jeden Morgen Brötchen angeschleppt und Packungsaufdrucke vorgelesen hat. Ich wollte einen Hengst und habe einen Brötchenholer bekommen, der »Expresso« sagt und Angst hat vor dem Schnellfahren.

Jetzt sitzt er da, stumm wie ein gekidnappter Mönch mit einer Aktentasche, und starrt fast apathisch nach vorne. Er sagt kein Wort, ist ganz bleich im Gesicht. Aber er hat wirklich schöne Augen. Überhaupt: ein schön geschnittenes Gesicht und, wenn ich ehrlich bin, sinnliche Lippen. Vielleicht hat mir genau das immer gefehlt: ein Brötchenholer mit schönen Augen und sinnlichen Lippen.

Er sieht zu mir herüber, ich lächle ihn an. Kurz zögert er, dann lächelt er zurück. Für einen Augenblick lang, zumindest. Dann sieht er wieder nach vorne.

»Kathi, halten Sie doch mal bitte da vorne.«

Aha. Jetzt will er mir bestimmt ins Ohr flüstern, dass er mich ganz schrecklich nett findet.

»Kathi, da vorne bitte, an dieser Baustelle.«

Am Straßenrand taucht der Rohbau eines großen Gebäudes auf, der nach Büros und Geschäften aussieht. Als ob es hier nicht schon genügend Leerstand gäbe. Ich wechsle abenteuerlich die Spur, bremse das Cabrio abrupt von 140 Stundenkilometern auf null runter. Ich biege in die Einfahrt ein und bleibe direkt neben dem Rohbau stehen. Ich stelle den Motor ab und mache die Augen zu. Und warte, dass Achim mir etwas ins Ohr flüstert. Oder einfach meine Hand nimmt.

Ich höre, dass er aussteigt. Was hat er vor? Will er einfach über mich herfallen, wie ich mir das schon die ganze Nacht lang gewünscht habe?

Ich öffne die Augen und sehe, dass Achim auf den Rohbau zugeht, die Aktentasche fest unter den Arm geklemmt.

»Kommen Sie doch mal, Kathi! Ich möchte Ihnen etwas zeigen!«

Ich steige aus. Jetzt ist sowieso schon alles egal. Die Grundfläche des Rohbaus misst mindestens 50 mal 50 Meter, das

Grundstück grenzt direkt an die Spree. Hier könnte man gut arbeiten, mit diesem Blick direkt aufs Wasser. Wenn es nicht am Arsch der Welt wäre.

Für einen Moment lang frage ich mich, was ich eigentlich tue. Ich stehe um fünf Uhr morgens auf einer menschenleeren Baustelle. Fenster und Türen fehlen noch, überall nur nackter Beton. Achim geht die Treppe zur ersten Etage hoch, ich tappse hinterher. An den Wänden lehnen Packungen von Styroporplatten, zur Isolierung des Bodens und der Wände. Von draußen scheint es schon hell herein; die Sonne muss jeden Moment aufgehen. Achim kniet sich hin und kratzt auf dem Betonboden herum.

»Kathi, es ist alles schiefgegangen, was schiefgehen kann!«

»Das brauchen Sie mir nicht zu erzählen! Ich war dabei!«

»Nein, nein, nicht mit uns. Mit der Baustelle hier. Unser Büro betreut diesen Bau, ich bin mit dem Auftrag befasst!«

»Bitte nicht, Achim. Ich möchte jetzt einfach nur …«

Er nimmt mich bei der Hand, führt mich zu einer Stelle, wo ein Stützpfeiler vom Boden zur Decke ragt.

»Sehen Sie sich das mal an, Kathi!«

»Achim, ich möchte, dass Sie mich jetzt …«

»Ja, ja. Aber sehen Sie mal: Risse! Im frischen Beton. Risse! Und wissen Sie, woher die Risse kommen?«

»Nein. Und ich glaube, ich …«

»Sie wollen's nicht wissen. Keiner will es wissen. Das ist es ja!«

Ich habe nicht den geringsten Schimmer, wovon er spricht. Aber seine Augen fangen an zu glühen, die sinnlichen Lippen beben ein wenig, unverkennbar. Zum ersten Mal in dieser Nacht. Endlich eine Emotion, auf die ich die ganze Nacht gewartet habe. Ich will seine Hand nehmen, aber er macht sich los. So etwas wie Wut kommt in ihm hoch.

»Ich sag' es Ihnen, ob Sie's hören wollen oder nicht: weil wir in Deutschland derzeit nicht nur in einer Finanzkrise stecken. Sondern in einer Baustoffkrise! Und zwar mittendrin, bis zum Kragen!«

»Wir müssen den Wagen zurückbringen, Achim.«

»Scheiß doch auf den Wagen, Kathi! Der Kies-Abbau und die Kies-Vermarktung sind strukturell völlig am Boden! Strukturell!«

»Das ist ja schrecklich.«

Er dreht sich zu mir und nimmt mich bei den Schultern, schüttelt mich ganz leicht. Ich spüre, wie ganz langsam eine unerklärliche Lust hinaufkriecht in mir.

»Ja, verdammt noch mal, es ist schrecklich, Kathi! Am schlimmsten ist es beim Rollsplitt. Der Markt wird durch Billig-Ware aus osteuropäischen Ländern überschwemmt!«

Ich habe keine Ahnung, wovon er redet, aber ich könnte ihm stundenlang zuhören. Diese Augen und diese Lippen, und ich habe die ganze Nacht lang nicht gesehen, was dieser Mann für eine unterschwellige Erotik hat.

»Kathi, ich sage Ihnen mal, was los ist: Durch spezielle EG-Verordnungen wird der deutsche Kies gegenüber osteuropäischen Kiesen glatt benachteiligt. Da wird tonnenweise osteuropäischer Billig-Kies ins Land gekarrt, der trotz der Transportkosten immer noch billiger ist als heimischer Kies.«

Ich nicke. Ich möchte nur mitspielen in diesem Irrsinn.

»Trotz der Transportkosten quer durch Europa ist dieser Dreck immer noch billiger als heimischer Kies! Das ist ja die Misere!!«

Wütend zieht er sein Jackett aus, wirft es auf den Boden.

»Es soll ja alles nichts mehr kosten!!! Billig, billig, billig! Da wird dann einfach, um die Baukosten in einem gerade noch erträglichen Rahmen zu halten, wird dann eben statt Qualitätsware irgendein Billigmüll in die Fundamentenfüllungen gekippt. Das erfährt natürlich kein Mensch!«

Oh ja, jetzt fängt er an durchzudrehen. Er wirft sich auf eine Packung mit Styroporplatten, reißt die Folie auf und schleudert die Platten wie ein Wilder um sich. Ich merke, wie ich immer erregter werde. Wenn der so weitermacht, dann kann ich mich nicht mehr beherrschen.

»Dieser Beschiss geschieht ja bei Nacht und Nebel! Die arbeiten nachts, wenn keiner kuckt. Laut Bauausschreibung muss da Qualitätsware rein, aber da kippt der Bauherr dann eben heimlich 300 Kubik Müll rein. Polnischen Billigschrott! Am schlimmsten ist es beim Rollsplitt!«

»Rollsplitt, klar, Achim. Rollsplitt.«

»Ja, Rollsplitt, Kathi!«

Er zieht mich zu sich heran, legt den Arm um mich, drückt mich an sich, eng und fest. Ich kann spüren, wie er zittert. Und ich merke, wie gut er riecht: ein bisschen nach Schweiß und ein bisschen nach Gier. Ich könnte ersaufen in diesem obszönen Geruch.

»Es ist ein Desaster! Hier schließen sie Kiesgruben aus ökologischen Gründen und gleichzeitig wird der Markt durch Billig-Kies aus europäischen Ländern überschwemmt.«

Er zieht mir die Jacke aus. Reißt sie mir förmlich vom Leib. So etwas habe ich noch nicht erlebt.

»Das ist ja scheußlich, Achim. Mit diesem Rollsplitt …«

»Ja, Kathrin, das ist es. Der deutsche Kies wird zur Sau gemacht! Und wir ersaufen in ostpolnischem Rollsplitt, der qualitativ dem heimischen Splitt nicht das Wasser reichen kann. Und wissen Sie, warum??«

Seine Stimme vibriert schon vor Wut und Zorn. Und vor Geilheit. Er befreit mich aus meinem Kleid, wild und zärtlich zugleich. Als hätte dieser Mann nie etwas anderes getan, als einem bis zum Platzen scharfen Weib die Kleider vom Leib zu reißen. Sein Atem geht stoßweise, aber jeder dieser Stöße trifft mich wie ein Hieb in meinem brodelnden Schoß.

»Warum, Achim, warum!?«

»Weil er stark kalkhaltig ist! Und noch dazu schlampig verarbeitet. Die Polen haben Toleranzen in der Körnungsgröße, dass es einer Sau graust! Pfui Teufel!«

Jetzt brüllt er richtig. Die Adern auf der Stirn treten hervor, die Augen funkeln nur noch vor Lust und die Lippen beben förmlich. Oh Gott, wenn der nur weitermacht jetzt! Achim zieht sich die Hose aus, schmeißt sie auf den Boden. Schäumend vor Wut steht er da, in Hemd und Banani-Boxershorts.

»Das ist kein Rollsplitt, das ist Dreck!«

Er reißt sich das Hemd vom Leib. Definierte Muskeln zeichnen sich ab an seinem schlanken Oberkörper. Jetzt merke ich erst, was das für ein verdammt hübscher Kerl ist. Er vergräbt seine schönen und tadellosen Zähne in meinem schwarzen Body und zieht ihn mir so langsam herunter, dass ich das Gefühl habe, ich müsste sterben vor Geilheit. Meine nackten Brüste glänzen im Morgenlicht, und die Spitzen sind mindestens so hart wie der Beton um uns herum.

»Die Bauwirtschaft steckt in der größten Krise seit Adenauer, das zieht doch wieder einen Rattenschwanz hinter sich her!«

»Rattenschwanz!«

Jetzt hat er nur noch seine Unterhose an. Ich lege beide Hände auf seinen kleinen knackigen Arsch und drücke zu.

»Ja, Kathi, das ist die bittere Wahrheit! Landauf, landab wird der letzte Mist in die Fundamente gekippt! Überall

Risse im frischen Beton! Aber da redet kein Schwein drüber, das erfährt natürlich kein Mensch!«

»Natürlich erfährt das kein Mensch, Achim.«

Und wieder schlägt er seine Zähne in den Stoff meines Bodys und im nächsten Moment bin ich nackt. Splitternackt. Nackter, als ich es je gewesen bin. Wenn der so weitermacht, dann krepiere ich, wenn er mich nicht gleich nimmt! Ich glaube, ich tropfe vor Erregung wie ein ganzer Laster voll Rollsplitt!

»Die arbeiten doch nachts, wenn keiner kuckt. Schwarz, ohne Papiere! Heimlich 300 Kubik Billigware rein, wer will denn das nachkontrollieren?!«

»Jah, jah, wer will das schon!«

Ich kann nicht mehr. Ich ziehe ihm ohne Gefackel die Unterhose herunter.

»Wer will denn das nachkontrollieren, wenn dann gleich der Flüssigbeton drübergeleert wird! Und der bindet ja ab, bis zum nächsten Morgen! Dann ist es zu spät!«

»Ja, Achim. Dann ist es zu spät.«

Ich sehe, dass er wirklich einen recht ordentlichen Prügel hat. Und stocksteif. Ich glaube, ich habe noch nie einen so schönen Schwanz gesehen. Zumindest nicht an einem lebendigen Mann. Ja, damit soll er mich jetzt vögeln, und wenn es das Letzte wäre, was ich tue in diesem Leben. Ich will mich suhlen in grenzenlosen Sauereien mit diesem geilen, tabulosen Hengst und mir die Nacht meines Lebens bescheren lassen. Und dass ich mich dabei aufführen werde wie die hemmungsloseste Stute auf der ganzen Welt, das ist noch gelinde ausgedrückt.

Er packt mich, zieht mich zu sich heran und küsst mich. Wie der Teufel. Oder wie ein Gott. Aber das ist mir schnurzegal, ich küsse zurück. Auch wie Gott und Teufel zusammen! Rollsplitt, Wollust, Flüssigbeton!

Mein Wilmersdorfer Wolf hebt mich mit seinen starken Armen hoch, als wäre ich leicht wie eine Feder, und vielleicht bin ich's ja auch. Überall könnte der mich jetzt hintragen mit seinen gierigen Pranken. Unendlich sanft drapiert er mich auf eine Styroporplatte, direkt neben der frisch betonierten Treppe. Gleich verliere ich die Besinnung.

»Ich hab's gleich gewusst: Du bist ein Tier, Achim! Du geiler kleiner dreckiger Wolf, Du!«

»Du bist die schönste Frau, die ich je gesehen habe, Kathrin!«

Die Antwort sind nur Küsse und wieder Küsse. Ich verschlinge ihn mit meinen Küssen. Und mit meiner Seele. Und gleich auch mit meinem Schoß.

Und als er in mich dringt, mein Expresso-Hengst, da habe ich Angst, dass mich gleich vor lauter Geilheit der Schlag trifft. Ich schreie wie eine, die gerade abgestochen wird, und mein Zentaur hält für einen Augenblick inne. Unsere Augen treffen sich und fressen sich gegenseitig auf. Die Zeit steht still, die ganze Welt steht still, für die Ewigkeit von drei Atemzügen.

Und dann fängt er an. Schiebt mich wie ein Berserker immer weiter den Berg hinauf, auf dessen Gipfel die unendliche Erlösung lauert. Und er schenkt mir keinen Hauch von Gnade, er gibt mir alles, was ein lebendes Wesen zu geben in der Lage ist. In einem Tal zwischen seinen Stößen erschrecke ich einmal fast vor seiner Leidenschaft. Und schon reißt er mich wieder mit auf dem Weg hinauf ins Glück, und wäre mir nicht alles egal, hätte ich Angst, man könnte unsere Schreie bis in die Ukraine hören. Was da jetzt mit mir geschieht, das muss die Belohnung der Götter sein für all den erlittenen Mist mit Brillich, dem Pastor und Hanfried Schüttler.

Wie ein Besinnungsloser hämmert Achim mit seinem ganzen Ich auf mich ein und ich bin nur noch zuckendes und schreiendes Sprengstoffgemisch aus Körper, Geist und Leidenschaft, kurz vor der Detonation. Und genau in dem Moment, als sich der Schrei der höchsten Wollust aus seiner Kehle löst, da spüre ich, wie auch mich die Welle der Erlösung überrollt, und er zittert und bebt und heult, und ich ahne im goldenen Rausch der höchsten Glückseligkeit, dass unter mir etwas nachgibt, ich merke, wie ich den Halt verliere und Achim schreit wie ein Tier, und ich stürze und falle, nach unten, nur nach unten … nach unten, immer weiter, ohne Halt, ins Leere, nach unten.

ABSPANN

Als die frisch gegossene Betondecke wegen Beimengung minderwertiger Schütt- und Zusatzstoffe gerissen war und Kathrin unter Achims Schreien nach unten ins Leere stürzte, konnte sich Achim im letzten Moment an einem hervorstehenden Gerüstrohr festkrallen und musste mit ansehen, wie die wunderschöne nackte Frau zwei Stockwerke tiefer auf dem Betonboden des Kellergeschosses aufschlug, den Hals ganz merkwürdig verrenkt.

Natürlich hat Achim sofort die Polizei verständigt, denn einer, der sich an ein Duschverbot seines Vermieters hält, lässt keine Frauenleiche in einer Baustelle liegen. Polizisten und Sanitäter waren gekommen, konnten aber nur noch den Tod von Kathrin feststellen. Dann nahmen sie Achim fest: Vielleicht hatte er ja dem Tod seiner Zufallsbekanntschaft nachgeholfen, die Betondecke gar angesägt oder die Frau vorsätzlich hinuntergeschubst.

Achim hatte bei den kriminalpolizeilichen Ermittlungen Beistand von Rechtsanwälten der Kanzlei »Schüttler, Karge, Karge und Partner«, ohne dass er sich darum bemüht hätte.

Hanfried Schüttler hatte gelogen: Er hatte keinen Schriftsatz beim Staatsanwalt deponiert, dafür hatte er einfach zu wenig gewusst. Seine Kanzlei-Kollegen Karge und Karge hatten lediglich stichwortartige Aufzeichnungen und Vermutungen über das Ableben von Jens R. Brillich und Pastor

Forchenbeck auf der Festplatte von Schüttlers Computer gefunden. Und weil sie nicht wollten, dass die Wahrheit über ihren hingeschiedenen Kanzleichef herauskam, lag ihnen alles daran, dass das Ableben von Schüttler in dem Südtiroler Tunnel tatsächlich ein Unfall war. Auf keinen Fall durfte die Wahrheit über Kathrin und Schüttler ans Licht kommen. Eigentlich war ihnen einzig daran gelegen, den Ruf ihres dahingegangenen Sozietätschefs nicht durch völlige Offenlegung all seiner Sauereien – so gut kannten ihn die Herren! – mehr als nötig zu ruinieren und damit auch die noch praktizierenden Reste der Sozietät in Mitleidenschaft zu ziehen. Das Scheidungsgeschäft war hart, ohne das Zugpferd Hanfried Schüttler allemal. Requiescat in pacem Dr. jur. Hanfried Schüttler!

Die Ermittlungen gegen Achim wurden bald darauf eingestellt, die Staatsanwaltschaft leitete lediglich ein Ermittlungsverfahren gegen einen Fertigbetonlieferanten ein wegen Verstoßes gegen die Verdingungsordnung des Bauhandwerks, namentlich durch Beimengung minderwertiger Schüttstoffe in Fertigbetonprodukte.

Vom Aufgeben eindeutiger Kontaktanzeigen in Internet-Foren hat Achim ein für alle Mal Abstand genommen.